A GENTE DÁ CERTO

PEDRO POEIRA

A GENTE DÁ CERTO

Diretor-presidente:
Jorge Yunes
Gerente editorial:
Luiza Del Monaco
Editor:
Ricardo Lelis
Assistente editorial:
Julia Tourinho
Suporte editorial:
Juliana Bojczuk
Preparação de texto:
Augusto Iriarte
Revisão:
Mareska Cruz
Sofia Soter
Coordenadora de arte:
Juliana Ida
Designer:
Valquíria Palma
Assistentes de arte:
Daniel Mascelani
Vitor Castrillo
Diagramação:
Marianne Lepine
Gerente de marketing:
Carolina Della Nina
Analista de marketing:
Heila Lima
Flávio Lima
Capa:
Vitor Martins

© Pedro Poeira, 2021
© Companhia Editora Nacional, 2021

Todos os direitos reservados. Nenhuma parte desta obra pode ser reproduzida ou transmitida por qualquer forma ou meio eletrônico, inclusive fotocópia, gravação ou sistema de armazenagem e recuperação de informação sem o prévio e expresso consentimento da editora.

1ª edição – São Paulo

DADOS INTERNACIONAIS DE CATALOGAÇÃO NA PUBLICAÇÃO (CIP) DE ACORDO COM ISBD

P743g	Poeira, Pedro
	A gente dá certo / Pedro Poeira. - - São Paulo : Editora Nacional, 2021. 208p. ; 14 cm x 21 cm.
	ISBN: 978-65-5881-058-2 ISBN: 978-65-5881-063-6 (pré-venda)
	1. Literatura brasileira. 2. Romance. I. Título.
2021-3044	CDD 869.89923 CDU 821.134.3(81)-31

Elaborado por Vagner Rodolfo da Silva - CRB-8/9410

Índice para catálogo sistemático:
1. Literatura brasileira : Romance 869.89923
2. Literatura brasileira : Romance 821.134.3(81)-31

NACIONAL

Rua Gomes de Carvalho, 1306 – 11º andar – Vila Olímpia
São Paulo – SP – 04547-005 – Brasil – Tel.: (11) 2799-7799
editoranacional.com.br – atendimento@grupoibep.com.br

Para Benedito, Antônio e Tamiris, e todos
os amores que já se foram e existem
além do tempo.

Capítulo 1

Quem vê dona Cecília fuzilar meus priminhos com os olhos não acredita que essa é a mesma mulher que quase foi escoltada para fora do palco do show do Bon Jovi três meses atrás porque quis "dar um cheiro naquele cangote".

Eu não a culpo. Teria feito a mesma coisa, mas estava ocupado demais explicando para os seguranças como uma mulher de setenta e um anos conseguiu pular a grade que protegia o palco, driblar três caras fortões e correr pro abraço de um astro do rock. A velha foi tão sortuda que até nos conseguiu uma foto com o cantor, que usamos como protetor de tela dos nossos celulares desde então.

Posso dizer com certeza que aquele foi o dinheiro mais bem gasto de toda a minha vida.

Ela dá uma última olhada com o rabo do olho, calando todas as cinco crianças da casa, limpa a garganta e começa a rezar a Ave Maria.

Eu falo os versos do jeito que a vó me ensinou anos atrás, apesar de estar meio enferrujado. Meu pai aperta meus dedos quando confundo alguma palavra, e, quando abro uma fresta do olho, vejo-o sorrir e sacudir a cabeça devagar, bem-humorado.

— Obrigada, Senhor, pelo alimento em nossa mesa — vó Cecília diz, solene, assim que termina a prece. — E obrigada por estarmos todos aqui hoje. Porque eu sei que meu Berto... sei que ele está aqui conosco. Obrigada pela saúde dos meus filhos, seus parceiros, meus netos e bisnetos. Que todos nós possamos nos reunir novamente ao redor desta mesa no próximo Natal. Amém.

— Amém.

O círculo em volta da mesa onde a ceia de Natal está disposta se abre. A tia Maria e o tio Carlos se afastam até a árvore, onde Beatriz, Nicolo e Alice, seus netos, começaram a caçar seus presentes. A família dispersa pelo conservatório, trocando presentes ou pegando pratos na ponta da mesa retangular atulhada de comida. Vejo minha mãe dar um abraço apertado na vó, flanqueada pelo meu pai, a tia Rita e o tio Marcos. Antes que alguém possa dizer qualquer coisa a mais, Alice puxa a saia do vestido florido da vó, chamando sua atenção para o presente em suas mãos.

Cinco mesas dobráveis de madeira, feitas pelo meu avô anos atrás para comportar a família em eventos como este, estão cobertas por um pano branco e vermelho com estampas temáticas. Em cima dele, a maior variedade de pratos que já vi: peru, frango, leitoa, tender, salpicão, arroz com maçã e passas, arroz sem maçã e passas, farofa, salada de maionese, de berinjela, de feijão... e vários outros dividindo espaço com as pinhas, estatuetas de anjinho e enfeites de Natal.

Vou para o fim da fila e começo a montar meu prato. Dou um jeito de encaixar um pouquinho de cada coisa a fim de não precisar fazer duas viagens – na verdade, prefiro evitar o olhar de julgamento da tia Kátia toda vez que me vê perto de uma mesa com comida. Encontro uma asinha de frango, que equilibro sobre um montinho de farofa e arroz sem maçã e passas, e alcanço a colher da salada de berinjela.

— Nossa, Tinhão. Se continuar comendo desse jeito, nenhum garoto vai querer ficar com você.

Minha mandíbula trava, meus dedos se enrolam ao redor do cabo da colher, rígidos. Despejo sobre o prato uma colherada maior do que a que pretendia.

— Só tô dizendo que os gays de hoje em dia gostam de se cuidar — tia Kátia diz naquele tom blasé e dando aquela jogada de cabelo tingido de loiro como se estivesse em um comercial de xampu. — Todo mundo é fit agora. Inclusive, só tem gay lá na academia que eu vou. Você já pensou em começar a fazer alguma atividade física?

Puxo o ar pelo nariz, devagar. Não, não vou dar ouvidos aos comentários dela; sou melhor do que isso. Devolvo a colher para a travessa e seguro as bordas do prato com as duas mãos antes de me voltar para encarar tia Kátia em seu vestido vermelho justo totalmente inapropriado para uma festa de família.

— Muito obrigado pela dica, tia Kátia — digo, tentando soar o mais sincero possível.

— Ah, de nada, Tinhão! Se quiser, te levo lá onde eu treino. É muito legal. Tá cheia de homem lindo. Você vai ver, você perde esse peso, fica gostoso e arruma um namorado, né?

Não sei de onde ela tirou o apelido "Tinhão", mas não gosto dele. Tampouco gosto de qualquer outra coisa que sai de sua boca, porém forço um sorriso sem dentes, aceno com a cabeça e vou em busca de um canto para me sentar.

Encontro uma cadeira vazia logo abaixo de uma das samambaias da minha vó. Mantenho as pernas juntas, o prato equilibrado no colo, e como em silêncio, capturando vislumbres dos meus tios trocando presentes com seus filhos em meio à cacofonia de talheres tilintando, papel de presente sendo rasgado e crianças gritando enquanto correm pela casa.

Fico tão distraído com a comida e as crianças brincando com suas novas arminhas d'água que levo um susto ao ouvir os pés de um banquinho arranhando o chão.

Anastácia posiciona o banquinho ao meu lado, e eu inconscientemente me movo para dar mais espaço. Ela se senta, bufando, um pratinho de papelão com um pedaço de chocotone sobre o colo. Anastácia ajeita os óculos na ponte do nariz com uma mão enquanto leva a garfada de chocotone à boca com a outra.

— Eu odeio o Natal — ela diz de boca cheia.

— Você odeia ganhar cinquenta reais da vó?

— Tá brincando? Os cinquentinha são a melhor parte do Natal. O foda é a tia Kátia vomitando merda na minha orelha.

— Eca, Tássia, eu tô comendo.

— De nada.

Abro um sorriso.

Tia Maria se aproxima de nós, um embrulho em cada mão. Anastácia é a primeira a se levantar, tomando o cuidado de colocar seu prato de lado. Elas se abraçam, sorrindo, uma desejando feliz Natal à outra.

— É só um presentinho — tia Maria diz, gentil, entregando um cubo em papel verde e vermelho idêntico à bata que está vestindo.

Anastácia agradece, e é minha vez. Agacho-me para colocar o prato meio comido na cadeira. Eu a abraço, agradecendo enquanto pego o embrulho nas mãos.

Quando tia Maria se afasta, pronta para entregar lembrancinhas aos demais sobrinhos, Anastácia puxa as laterais do seu quimono e retira o prato do banquinho antes de voltar a se sentar ao meu lado, e trocamos um olhar.

— A tia Maria dá o mesmo presente todo ano.

— Eu gosto das canecas com chocolates da tia Maria. — Apalpo o embrulho, equilibrando o prato no colo.

— Você é fácil de agradar, Caetano.

Dou de ombros e coloco o presente ao meu lado no chão antes de voltar a comer.

— Mano, eu tô cansada de macho idiota no Tinder achando que mulher é prato de restaurante. Como você consegue? — Anastácia empurra o celular e a frustração na minha cara, e eu quase derrubo o garfo.

Na tela, um balão de conversa com a cantada mais escrota que já li na minha vida inteira.

se estiver procurando por bolas de enfeite, eu tenho duas bem aqui te esperando, gata

Termino de mastigar e limpo a boca com as costas da mão. Torço o nariz para a cantada, tentando entender que pessoa com o mínimo de noção e amor-próprio mandaria algo do gênero.

— Não é bem uma opção — digo.

Anastácia assente.

— É maldição. E se eu der uma chance pras meninas?

Ergo uma sobrancelha e abro a boca para responder. Do outro lado do cômodo, correndo em círculos entre o conservatório, a cozinha e a sala de jantar, as crianças atiram água. As tias se dividem entre ralhar com elas e se defender dos jatos. Nicolo, o mais novo do primo Antônio, faz birra com a tia Maria porque a irmã pegou a arminha para brincar de pistoleira.

— MAS, VÓ, ELA TÁ COM DUAS ARMINHAS E ME ACERTOU NA CARA TRÊS VEZES JÁ! — Nicolo reclama.

Beatriz se vira para o irmão e o acerta com outro jato d'água, desta vez bem na curva do pescoço. Ela foge rindo antes que a avó ou o pai possam pegá-la, deixando Nicolo batendo o pé.

— Já reparou que todo ano acontecem as mesmas coisas? — questiono, levando um pedaço de pernil à boca. — O Nicolo dá chilique...

Anastácia ri.

— ... e a tia Kátia se mete na vida de todo mundo...

— ... e os cinquenta reais da vó!

— ... e o tio Otávio canta TODAS as músicas do Elvis no caraoquê depois de encher a cara!

Estamos gargalhando e tentando falar ao mesmo tempo, até o ponto em que não entendemos mais nada do que o outro diz e só rimos. Alguns dos nossos primos nos olham de esguelha e logo voltam a focar a tela dos seus celulares, assistindo aos stories dos amigos no Instagram ou coisa parecida.

Termino de comer e levo o prato até a pia da cozinha, me esquivando dos meus priminhos e evitando as cadeiras onde meus familiares comem e os vários vasos de plantas espalhados pelo cômodo. Volto para o conservatório e noto um enfeite de Natal caído no chão. Eu o colo de novo nas portas de vidro que dão para o quintal de trás, esfregando bem no ponto da fita dupla face. Assim que me viro, dou de cara com dona Cecília e seu cabelo cor-de-rosa. Ela sorri carinhosamente, puxando-me para um abraço apertado.

— Feliz Natal, meu Leãozinho!

Aperto o corpo pequeno da minha vó, incapaz de conter o sorriso. Diferentemente do apelido grosseiro que a tia Kátia arrumou para mim, "Leãozinho" é o melhor apelido de todos. A vó me chama assim desde que me conheço por gente e nunca a ouvi dizê-lo sem um sorriso no rosto.

Dona Cecília escorrega a mão pelas minhas costas, deslizando algo para dentro do bolso traseiro da minha calça jeans e dá dois tapinhas na minha bunda. Abro os olhos e arqueio as sobrancelhas.

— Vó? Você acabou de apalpar a minha bunda?

— Uma linda bundinha, graças a mim, porque se dependesse da sua mãe você seria uma tábua — ela diz, séria. Bate a palma da mão na minha bunda de novo, assentindo com a cabeça. — Uma bundinha linda e rica.

Rindo, me afasto de dona Cecília segurando em seus ombros.

— Vó?

— Eu preciso incentivar meu artista favorito, já que ninguém nesse governo vai. Mas só até você fazer sucesso.

Faço que sim e sussurro:

— Quando eu ficar rico, a gente vai apostar corrida de buggy no Egito.

Ela põe uma mão sobre o coração e a outra sobre meu rosto.

— É por isso que você é meu neto preferido.

— MÃE! ME DÁ UMA MÃO AQUI!

Olho por cima do ombro da vó. Tio Marcos segura a árvore de Natal com as duas mãos, seus filhos, Mateus e Gabriel, em seus flancos com cara de arrependidos.

A vó revira os olhos e murmura:

— Quase quarenta anos nas costas e esse moleque ainda me chama pra resolver os problemas dele. Já volto, Leãozinho. — Dona Cecília bagunça meus cabelos, se vira e parte na direção do filho mais novo.

Pesco o envelope cor-de-rosa no bolso da calça e espio dentro. Há três notas de cem reais e um ingresso para um show cujo artista não consegui ler, e me pego sorrindo.

Meu celular vibra e tiro ele do bolso com certo esforço. O nome de Júlio pisca na tela em uma notificação e desbloqueio o telefone. Na foto, meu melhor amigo segura uma latinha de cerveja próximo ao rosto, vestindo um gorro de Papai Noel, fazendo careta e com uma barba branca editada. A legenda diz "Feliz Natal, Leãozinho".

Me apresso em dobrar o envelope e guardá-lo junto ao celular de volta no bolso da calça, os lábios comprimidos em um sorrisinho.

Recosto o corpo na parede, observando minha família. Minha vó ajuda tio Marcos a ajeitar algo que os netos quebraram. Ela recolhe um porta-retratos do chão, espanando os cacos de vidro para fora da moldura e admirando-o a certa distância, forçando os olhos devido à hipermetropia. Conheço aquele porta-retratos, fui eu quem o colocou ali, no Natal passado. É uma foto de dois anos atrás, quando toda a família estava reunida, antes do vô morrer. A vó está ao seu lado, os dois sorrindo, como sempre.

Mesmo à distância, noto as bochechas da vó se erguerem num sorriso triste conforme recoloca o porta-retratos sobre o pequeno armário, entre dois vasos de plantas, e esfrega os olhos com os dedos.

Dou as costas para o conservatório e apoio a testa na porta de vidro. O reflexo do meu rosto embaça rápido por causa da minha respiração, mas por trás da minha camiseta do Snoopy vestindo um gorro de Papai Noel e da calça jeans preta, consigo ver o fantasma da festa cheia de vida no cômodo favorito da vó. Limpo o vidro com os dedos e admiro a casinha simples e abandonada nos fundos do quintal, com sua janelinha empoeirada por onde ainda se pode ver os antigos materiais de construção e carpintaria da oficina do vô Berto.

Dois anos atrás, o vô Berto estaria soltando fogos de artifícios, só porque a vó gosta – ainda que toda a cidade já tivesse parado há quase uma hora. Ao fim da festa, ele trocaria uma de suas camisas de botões favoritas pelo primeiro presente que teria ganhado de algum de nós, a fim de mostrar o quanto havia gostado do presente. Se alguma coisa se quebrasse, ele iria imediatamente para sua oficina, coletaria pregos, o martelo e supercola e daria um jeito de arrumá-la.

Meus olhos ardem e sinto como se alguém tivesse se sentado no meu peito.

A vida é boa, mas o vô Berto sabia como fazer qualquer situação ficar melhor. E por mais que todo mundo esteja sentindo sua falta e este seja nosso segundo ano sem ele... há momentos em que flagro a vó olhando suas fotos espalhadas pela casa ou encarando sua oficina pela janela da cozinha enquanto lava a louça, perdida em pensamentos.

Nem sequer imagino como deve ser amar alguém que não está mais aqui.

Minha mãe está à pia, lavando a louça da ceia, o cabelo preso em um rabo de cavalo caindo em fios retos sobre a blusa branca.

Carrego as sobras de sobremesa até a mesinha da cozinha, uma travessa em cima da outra. Coloco-as em cima da mesa, e abro a geladeira.

— Filhote, tenta organizar a geladeira de modo que as sobremesas fiquem no fundo, onde é mais gelado — a mãe diz, sem se distrair da sua tarefa.

— Está bem.

Preciso me agachar em frente à geladeira para conseguir arranjar as diversas travessas e panelas até que tenha espaço para enfiar as duas restantes. É em momentos como este que ter brincado de Tetris incessantemente durante a infância se paga. Estou estudando como encaixar o tiramisu entre o pudim e a gelatina colorida quando Anastácia me surpreende com um tapa na curva da nuca.

— Ei!

— Vim dizer tchau, primo.

— Já vão, Tássia? — minha mãe pergunta, fechando a torneira. Ela se vira para nós, esfregando as mãos molhadas em um pano de prato. — Vocês vêm almoçar com a gente amanhã?

— Sim, tia. Minha mãe disse que pode vir mais cedo ajudar na cozinha.

— Não tem necessidade. — A mãe declina a ajuda com um aceno de mão. — Durmam. Está tarde. A gente dá conta.

— Vou dizer a ela. — Anastácia me lança um olhar que conheço bem, aquele que diz sua-mãe-está-fazendo-aquilo-de-novo.

Eu assinto e me levanto para abraçá-la.

— Você e a Rita já estão indo?

Viramos a cabeça juntos e acertamos nossas testas. Meu pai está ao lado da minha mãe, colocando as panelas com resto de comida sobre a pia. Anastácia aquiesce e sai do meu abraço para se despedir dos tios. Ela acena antes de partir e ouço a porta da frente bater quando ela sai.

— Bom, eu já acabei aqui — meu pai fala, estalando os dedos. — Você vem para casa com a gente, filho? Ou vai ficar com a sua vó?

— Vou ficar — respondo.

Meu pai assente e vem me abraçar.

Somos fisicamente diferentes, meu pai e eu. Ele tem todos os traços do vô Berto, a mesma pele bronzeada de sol, grandes olhos castanhos, cabelo e bigode preto e grosso - mesmo tendo feito a barba hoje de manhã, já a sinto pinicar meu rosto quando ele me dá um beijo de boa noite na bochecha. Ao passo que eu sou praticamente uma cópia ambulante da minha mãe: branco, loiro e sem a menor chance de conseguir crescer uma barba decente. As únicas coisas em que somos parecidos é a altura e o olho castanho - e a bunda redonda, como a vó Cecília gosta de dizer. Já minha mãe é pequena e reta como uma tábua, nas palavras de dona Cecília. Eles não poderiam ser mais o oposto um do outro, mas fazem as coisas funcionar.

— A gente volta amanhã cedo para ajudar com o almoço, ok? — a mãe diz antes de segurar meu rosto com as mãos miúdas e plantar um beijo na minha bochecha.

— Tchau, mãe. Tchau pai.

Ouço-os se despedirem da minha vó no corredor, reafirmando que estarão de volta bem cedo para ajudá-la. A vó agradece a preocupação, os acompanha até a porta e a tranca com chave quando os dois saem. Pego uma colher do escorredor de louça, ainda úmida, e roubo um pedaço de pudim da geladeira. Estou com as costas na pia no momento em que a vó entra na cozinha, os passos rápidos, e suspira aliviada. Ela me fita do outro lado, esfrega as mãozinhas uma na outra e diz:

— Agora a festa pode começar.

Tiro um pratinho de pudim de trás de mim e entrego para a vó ao passar por ela em direção à sala de jantar.

A vó vai até a cômoda ao pé da escada e tira um baralho da primeira gaveta.

— Me dá isso aqui antes que você roube. — Pego o baralho das mãos de dona Cecília, rapidamente contando as cartas para ter certeza de que a velha não conseguiu afanar alguma nos três segundos pelos quais as tocou.

A vó não fala nada, apenas ergue as mãos para o alto em sinal de paz.

Sentamos à mesa da sala de jantar, um de frente para o outro, e dou as cartas depois de embaralhá-las. Dona Cecília segura as cartas em leque bem próximo ao rosto, os olhos apertados, antes de baixá-las para o colo. Estico o pescoço, vigiando-a, mas devo ter deixado algo passar, pois poucos minutos depois ela bate com uma manilha de seis.

— Você sempre tem uma carta na manga, né, vó? — eu a acuso, puxando o baralho e recontando as cartas.

Ela estica os braços, passando os olhos pela pele branca e enrugada.

— Esse vestido não tem mangas, Leãozinho.

— Onde estava essa carta, dona Cecília?

— Estava aqui o tempo todo — ela diz, gesticulando para a mesa. — Se quiser, minhas vitaminas para memória ficam na gaveta da minha mesa de cabeceira.

Velha debochada, penso, rindo.

— Quero revanche.

— Vai perder de novo.

Jogamos em silêncio, prestando atenção às expressões faciais um do outro, enquanto o som do papel laminado corta o ar ao descer para a mesa. A vó me ensinou a jogar truco quando eu era pequeno, e sempre achei que seria capaz de ler por entre as linhas das rugas de seu rosto, porém ela me derrota mais duas vezes antes que eu consiga ganhar.

Por volta da sétima rodada, eu bocejo. Esfrego as lágrimas para fora dos olhos e flagro uma carta surrada deslizando para o topo da pilha. Quando dona Cecília desce suas cartas, ganhando de mim pela quarta vez, eu sorrio e baixo minhas cartas sobre a mesa

— Obrigado pelos presentes, vó — digo, levantando-me da cadeira.

— Boa noite, Leãozinho.

Subo as escadas em direção ao meu quarto. Olho de relance para baixo e vejo os tufos de cabelo cor-de-rosa, quase como algodão-doce, presos pelos óculos que ela passou a noite inteira sem usar. Dona Cecília embaralha as cartas e as dispõe na mesa para um jogo de paciência. A cada carta que saca, sei que espreme bem os olhos, afastando-a do rosto de modo a enxergá-la, mesmo que seus óculos estejam bem ali, onde ela nunca se lembra de checar.

Capítulo 2

Eu ainda estou com meu pijama do Homem-Aranha quando pessoas começam a chegar para o almoço.

O interfone dispara a tocar na cozinha enquanto estou rascunhando a página semanal da *Cloudbusting*, minha *webcomic*, na antiga poltrona do vô Berto na sala de estar. Dona Cecília atende o interfone, pergunta quem é e destrava o portão, colocando o fone de volta no gancho.

A porta se abre ao som de sacolas e panelas trincolejando. Meus pais surgem no corredor, um tanto esbaforidos, e param no portal entre o corredor e a sala. Dona Cecília vem pelo conservatório, secando as mãos no avental preso ao redor da cintura, e abraça o filho e a nora.

Meu pai estaciona bem à minha frente, os braços cruzados sobre o peito, lançando sua sombra sobre mim.

— Não vai dar um abraço de feliz Natal nos seus pais, Caetano?

— Calma aí, pai. Só preciso terminar esse traço...

Minha mãe se adianta e me rouba um beijo na bochecha. Meu pai aproveita minha distração para apanhar o iPad e jogá-lo no sofá ao lado, bem-humorado.

Salto da poltrona, o coração engasgado na boca, girando a cabeça de um lado para o outro tentando enxergar onde o iPad havia pousado. Me adianto para o sofá, mas meu pai me envolve em um abraço apertado. À visão do tablet, seguro em cima de uma das almofadas laranja da vó, meu corpo amolece e eu me entrego ao abraço.

— Como a sua vó passou a noite? — papai pergunta ao pé do meu ouvido.

Franzo o cenho, sem entender o motivo do tom reservado.

— Normal, ué.

Meu pai assente, liberando-me de seu abraço. Sinto o peso dos seus olhos ao me agachar para pegar o iPad do sofá, girando-o entre os dedos para avaliar se algum risco ou trinco novo apareceu após a queda livre. Desbloqueio a tela e volto a mexer na arte em que passei a manhã inteira trabalhando.

— Algum trabalho para entregar antes do fim do ano, filho?

Não tenho tempo de responder antes de minha mãe soltar o ar pelo nariz e entrar na conversa.

— Eu não acredito que você está trabalhando durante o feriado, Caetano!

Respiro fundo e ergo os olhos do tablet para a mulher em jeans e camiseta batendo o pé ao lado do meu pai.

— É um projeto pessoal — digo. — Mas não acharia ruim se fosse um trabalho que pagasse.

Tão logo as palavras saem da minha boca, me arrependo de tê-las dito.

Minha mãe cruza os braços, o peito subindo e descendo depressa, o rosto retorcido numa careta.

— Se você tivesse um emprego decente, não ficaria suplicando trabalhos que paguem.

— Desenhar é um emprego decente! — respondo, terminando com um suspiro.

— Não é um emprego fixo, Caetano — minha mãe insiste, dando dois passos à frente. Ela me olha de cima, torcendo o nariz para o tablet no meu colo. — Você pode até desenhar como hobby, fazer um frila de vez em quando, sei lá. Mas passou da hora de você escolher algo que te dê o mínimo de segurança. Mãe, pai e vó não são pra sempre, Caetano. Você precisa de casa, férias, décimo terceiro... — Ela balança a cabeça de um lado para o outro, decepcionada. — Você é tão inteligente, filho. Por que não presta um concurso público?

Ouço o clique da mandíbula quando a travo, forçando as lágrimas a ficarem no lugar. Não é como se eu nunca tivesse tido essa conversa com a minha mãe, mas isso não quer dizer que ela fica mais fácil - na verdade, é o oposto.

— Adriana... — meu pai murmura. Sua mão pressiona a cintura da minha mãe, os dedos firmes e gentis.

Ele quer saber em que pé está o almoço. Ela se volta para ele e dispara sobre como estão atrasados com o cronograma. Antes de guiá-la até a cozinha, o pai vira o rosto e me lança uma piscadinha.

Desbloqueio o tablet e me acomodo no sofá. Já tenho os traços finais da próxima página dos meus piratas-espaciais--por-conveniência favoritos e, quando começo a colorir, estou em outro mundo.

A meio caminho da pintura, a vó Cecília se senta ao meu lado, o braço esticado segurando um prato de pudim de leite. Ela me vê colocar o iPad de lado e alcançar o prato em silêncio.

— Às vezes sua mãe consegue ser tão divertida quanto uma fatura de cartão de crédito — ela diz quando estou na minha segunda colherada. Solto uma risada aspirada, a mão em punho cobrindo a boca. Dona Cecília me estuda com o rabo do olho e respira fundo. — Hora de deixar esse almoço mais interessante.

Encaro minha avó de baixo enquanto ela se levanta. Ela coloca o indicador contra os lábios pedindo silêncio e desaparece na ponta dos pés para algum lugar da casa.

Minha mãe chama minha vó duas vezes, a voz aguda ecoando por cima do som das panelas ao fogo, até decidir vir atrás dela na sala de estar. Ela colocou um dos aventais da vó Cecília, um repleto de logos de suas bandas de rock favoritas, e tem o cabelo preso no típico rabo de cavalo, um pano de prato português pendurado no ombro e a cara irritada.

— Você viu a sua avó? — ela demanda, soando cansada e aborrecida.

Levo uma colherada de pudim até a boca e dou de ombros.

A mãe sai da sala pisando fundo, chamando meu pai por cima do ombro e dizendo-lhe que minha vó sumiu de novo.

Mal sabe ela que a vó Cecília tem até um banquinho e uma pequena pilha de livros de mistério dentro do antigo armário do quarto da tia Maria para quando decide brincar de esconde-esconde.

À uma da tarde, toda a família está espalhada pelo conservatório.

Substituí o pijama por uma camiseta branca estampada com uma das minhas ilustrações – Andro e Timbo dividindo um pedaço de torta de marmelo dentro da nave alugada no meio do espaço – e calças jeans, a pedido da minha mãe, pouco antes da tia Rita e Anastácia chegarem com uma vasilha de farofa. Meu pai havia saído para comprar sacos de gelo no posto de gasolina, deixando a mãe tomando conta sozinha da comida. Assim que a tia Rita pôs os pés dentro da casa, minha mãe a arrastou para a cozinha. Eu até me ofereci para ajudá-las, mas a mãe pediu para eu me trocar antes que mais alguém chegasse e pediu a Anastácia que arrumasse a mesa.

Dona Cecília apareceu de banho tomado e cabelos escovados quando o almoço estava pronto e a mesa, posta. Ao vê-la beliscando as sobras de assados da ceia, minha mãe não falou nada sobre seu sumiço – elogiou a escova e perguntou se algum dia ela poderia lhe emprestar a blusa verde-esmeralda de botões.

— Se conseguir me encontrar da próxima vez, pode pegar emprestada — a vó respondeu.

O dia está absurdamente quente, mesmo para uma tarde de dezembro; até o ar que sopra pelas portas abertas do jardim dos fundos vem abafado. Meu pai acende a churrasqueira no jardim dos fundos e usa a tampa da caixa térmica para se abanar. Estou suando em bicas, e a comida quente não ajuda. Estico a camiseta, os dedos em pinça, para ventilar o corpo.

A mãe e a tia Rita cruzam a cozinha e o conservatório, reabastecendo as panelas de arroz e feijão branco. A vó Cecília tenta ajudar, embora minha mãe insista que tem tudo sob controle e peça para minha vó descansar. Porém, dona Cecília acaba coletando os pratos sujos e lavando a louça às escondidas.

Em meio ao barulho das conversas, ouço o interfone. Anastácia desfila pelo corredor, sacolas de supermercado penduradas nos dedos.

— Achei um cachorro perdido na rua e trouxe para almoçar com a gente hoje — ela diz, dando um passo para o lado e revelando Júlio, quase escondido atrás da parede no corredor.

Ele ajuda Anastácia a colocar os refrigerantes na mesa, desvencilhando-se das sacolas e dos meus primos pequenos que se colam à sua perna feito carrapatos. Como minha vó está mais perto, ela é a primeira a envolvê-lo num abraço. Minha mãe faz o mesmo, e só depois que todo mundo no pequeno espaço entre a mesa e eu dá as boas-vindas e desejos de "feliz Natal" é que consigo puxar meu amigo para um canto e fazer o mesmo.

Meu pai traz um banquinho para Júlio se sentar ao meu lado. Mal ele se acomoda, a vó Cecília já tem em suas mãos um prato de comida pronto para ele. Júlio agradece, sorrindo timidamente, e bate com o ombro no meu.

— Faz tanto tempo que você não vem me visitar, Júlio! Fiquei com saudades — a vó comenta, fingindo ressentimento por um segundo antes de deixar pra lá. — A comida está boa?

— Também senti sua falta. A comida está ótima.

— Oi, Anastácia — minha prima diz, a voz mais fina, cruzando as pernas ao sentar. — Demorou pra encontrar um mercado aberto a essa hora, né, menina? Poxa vida. Obrigada por ter ido buscar os refrigerantes tão em cima da hora.

— Obrigada, meu amor. — A vó dá três tapinhas no joelho de Anastácia, ignorando o drama da neta.

Eu solto uma gargalhada, mas Anastácia me dá um tapa tão pesado no braço que em pouco tempo vejo a marca dos três dedos na minha pele.

— Como foi a ceia? — Encaro Júlio, observando-o mastigar um pedaço de coxa de frango e chupar a gordura das pontas dos dedos.

— Foi boa. Fizemos lasanha.

— E sua mãe, como está? — a vó interrompe, os cotovelos apoiados nos joelhos.

Júlio coloca o prato sobre o colo e começa a falar da mãe, sobre como ela está mais feliz com o trabalho no hospital que minha vó a ajudou a conseguir anos atrás, antes de se aposentar, embora ele ache que ela esteja trabalhando demais e se divertindo pouco. Júlio e eu trocamos olhares a todo momento. Dona Cecília comenta como está feliz em vê-la se reerguer e se levanta para dar uma olhada nos outros netos. Assim que minha vó está a pelo menos meio cômodo de distância, eu me viro para Júlio e disparo:

— Me fala o que seu pai aprontou dessa vez.

— Caetano... — Júlio coça a barba cheia. — Deixa pra lá, sério.

— Deixar o que pra lá? — Anastácia se intromete, e fico tão feliz que sua curiosidade tenha sido estimulada a ponto de ela se inclinar para frente e arrastar seu banquinho para mais próximo da gente que quase a beijo.

Júlio suspira, desconfortável.

— Meu pai é um escroto que gostava de bater na minha mãe — Júlio diz, por fim. Ele mantém os olhos verde-escuros sem emoção fixos nos dedos espalmados em seu colo. — Minha mãe levou anos para conseguir se separar, mas ele ainda dá um jeito de aparecer nas nossas vidas. Ontem, ele ligou no celular dela querendo saber onde ela estava. Calhou de ela estar no ônibus, indo pra casa, quando um cara começou a falar com a namorada do lado dela. Daí meu pai começou a xingar minha mãe de vagabunda e tudo quanto é nome. Ela chegou bem deprimida em casa, então a gente conversou bastante. Não foi o Natal mais feliz que a gente teve, mas foi muito melhor do que qualquer um que tivemos do lado dele.

A boca de Júlio se contorce toda vez que diz a palavra "pai". Júlio levanta os olhos para nós. Eu estou completamente entorpecido com a situação, ao passo que Anastácia, ao meu lado, parece pronta para explodir o estômago do pai de Júlio com seus poderes mentais inexistentes. Ela abre a boca para comentar algo, então eu toco seu joelho e ela desiste. Não há nada que a gente possa dizer a Júlio que ele já não saiba, e é por isso que minha raiva acaba se transformando em angústia cada vez que o pai dele reaparece em sua vida. Queria poder proteger meu amigo disso, ele e sua mãe. Queria que a polícia tivesse deixado seu pai preso, onde ele merece estar. Queria que Júlio e a mãe tivessem tido a sorte de ter alguém como meu pai ou o vô Berto em suas vidas, que não tivessem que lidar com tamanho sofrimento.

Anastácia tira os óculos, limpando as lentes na barra da camiseta, e diz:

— Antes eu tivesse ficado em casa com a minha mãe ontem, assim não teria aguentado a tia Kátia querendo me tirar do armário só porque não arrumei namorado ainda.

— Não era você que estava querendo dar uma chance às meninas? — eu a provoco, arqueando as sobrancelhas.

— Se algum dia você disser qualquer coisa que faça a tia Kátia cogitar achar que estava certa sobre mim — ela me ameaça baixinho, entredentes —, eu desovo seu corpo no Rio Pinheiros.

Júlio e eu soltamos uma risada nervosa, mas que basta para aliviar o clima.

— Ei — sussurro para Júlio. — Escondi um pouco de pudim da vó Cecília para você ontem à noite. Vou lá pegar.

Deixo meu melhor amigo na companhia da minha prima enquanto vou até a cozinha. Lá, meus pais e tios estão espalhados pelo cômodo, estranhamente calados, cada um recostado em qualquer superfície possível, os rostos tensos. Sinto que interrompi alguma coisa importante. Estreito os olhos.

— Pai? Está tudo bem por aqui? — pergunto.

— Tudo certo, filhote. — É minha mãe quem responde. Ela ergue os dedos bem cuidados até a orelha, ajeitando as mechas bem presas no lugar. — O que você veio fazer aqui? Precisam de mais comida?

— Vim buscar pudim pro Júlio — digo, abrindo a porta da geladeira. Dobro o corpo para poder enxergar dentro da geladeira, ainda cheia com vasilhas e assadeiras.

— Ah, o pudim acabou...

— Nah. — Saio de trás da porta com uma Tupperware verde-água de plástico que mostro para ela. — Eu escondi o último pedaço.

Ela não parece nem um pouco surpresa que eu tenha feito isso, mas sacode a cabeça ainda assim, a sombra de um sorriso nos lábios. Saio da cozinha pela sala de jantar, sentindo o peso dos olhares de meus tios cravados nas minhas costas quando me viro em direção ao conservatório. Porém, em vez de seguir caminho, me escondo atrás da parede, o ouvido bem perto do batente do portal entre a sala e a cozinha, e espero.

— O que você quis dizer com "atitude preocupante", Adriana? — a tia Isabella pergunta para minha mãe numa voz tão baixa quanto possível para alguém da minha família.

Porém, antes que a mãe fale qualquer coisa, meu pai se interpõe:

— Bella, eu só estou preocupado com a nossa mãe. Ela está sozinha nessa casa imensa...

— Agindo feito criança... — a mãe o corta.

Os irmãos caem num silêncio incômodo, tão palpável que sinto minha própria pele coçar. Os sons do almoço me assaltam de repente, lembrando-me que, no quintal dos fundos, meus primos batem papo e brincam de pega-pega. Percebo que estou me inclinando cada vez mais para o portal da cozinha.

— Tem aquela ideia que a gente discutiu logo que o pai morreu, Beno — tio Marcos comenta, meio sem jeito.

De que ideia eles estão falando?

— Isso é mesmo necessário, Marcos? — minha mãe intervém.

— Eu não tenho tempo — tia Kátia diz descaradamente, seguida por murmúrios mais tímidos dos meus tios, que repetem "Nem eu", "Nem eu", "Nem eu".

Suspiro.

— Eu poderia me desdobrar e ajudar a cuidar da mãe — meu pai fala. O tom em sua voz diz que está ao mesmo tempo angustiado e decepcionado com a direção daquela conversa.

— Como você vai fazer isso, Beno? — tia Rita fala pela primeira vez, soando exasperada. — Vai pedir demissão? Sabe que a mãe nunca deixaria você largar o emprego por ela.

— Eu não quero colocar a minha mãe num asilo! — ele retruca aos sussurros.

— Comunidade pra idosos — tia Kátia o corrige.

Estou sem ar e meu estômago queima. Não consigo acreditar que estejam planejando levar minha vó para... para um...

Giro para o conservatório e encontro Júlio, o cabelo preto e alto se destacando entre a multidão, mastigando uma coxa de galinha assada. No instante em que me vê, ele se levanta, colocando de qualquer jeito sobre o banco vazio o prato com a carne meio mastigada.

— Você está bem? — ele pergunta. Júlio estica os dedos na minha direção, mas percebe que estão besuntados de gordura e volta a baixá-los junto ao corpo.

— Tô — respondo. — Preciso falar com a vó.

Anastácia me fita com olhos curiosos por cima do seu copo de refrigerante.

— Eu a vi subir pro quarto — ela diz. — Foi buscar os presentes que os filhos do Antônio esqueceram noite passada.

Entrego a Tupperware com pudim para Júlio, de cenho e lábios franzidos, e parto em direção ao quarto de dona Cecília, escada acima, pulando dois degraus de cada vez. A porta do quarto da vó está entreaberta, então dou duas batidinhas e chamo seu nome antes de abri-la.

O quarto da vó Cecília sempre me pareceu muito cheio quando eu era criança, as paredes creme atulhadas de retratos e pinturas, até um mapa-múndi rabiscado que o vô Berto havia pendurado anos atrás, em contraste com os poucos móveis - uma cama, um guarda-roupa grande e uma penteadeira, também abarrotada de cremes, perfumes e porta-cacarecos. Dona Cecília está sentada na cama, as pernas curtas quase perdidas em meio a tantas sacolas de presentes. Eu a chamo mais uma vez, baixinho. Ela finalmente se vira para mim, os olhos marejados e os lábios esticados num sorriso triste.

— Oi, Leãozinho — ela diz. Dá três tapinhas no espaço vago ao seu lado na cama. — Vem cá, vem.

O colchão é duro. A vó convenceu o vô Berto a comprar um desses alegando que melhoraria a dor na coluna dele, o que realmente aconteceu, não que ele tenha admitido isso para ela em voz alta.

Dona Cecília segura no colo uma caixa de presentes grande e estampada com motivos florais; quando espio dentro, encontro-a repleta de cartas, álbuns de fotos de vários tamanhos, e algumas fotos emolduradas embrulhadas em papel seda. A vó estica uma foto de cores amareladas na minha direção – ela e o vô Berto, pelo menos trinta anos mais jovens, vestindo blusas de manga longa e chapéus de pescador. Os dois sorriem abertamente para o fotógrafo, como se estivessem no meio de uma gargalhada quando a foto foi tirada.

— Essa daqui é de quando seu avô e eu fizemos uma viagem pela Amazônia — ela diz, cada palavra embebida de saudade. Ergo o olho da foto e a observo abrir um sorrisinho pelo canto do olho. — Berto odiava o Natal. As passagens sempre ficam mais caras no fim do ano.

Dou um sorriso, mas sinto um nó no topo da garganta.

Aponto para a caixa perguntando silenciosamente se posso dar uma olhada. A vó anui com a cabeça e eu puxo sua caixa pela borda, apenas o bastante para conseguir pegar um bolo de cartas presas por um elástico.

— Por que você nunca me mostrou essa caixa? — pergunto baixinho.

— A vida é uma aventura, Leãozinho — ela diz. — Parte do barato são as experiências que a gente compartilha apenas com nossos parceiros, coisas que só a gente conhece. Um segredo só nosso.

Faço que sim com a cabeça e volto minha atenção às cartas no meu colo. Levanto a cabeça para perguntar-lhe sobre aquele bolo de cartas, mas a vó está tão compenetrada em suas lembranças que deixo pra lá. Desenrolo o elástico delicadamente, cuidando para que o papel não rasgue, e folheio os envelopes com as pontas dos dedos, um de cada vez. Todas as cartas foram assinadas pela mesma pessoa: Didi.

A curiosidade funciona como uma ponta de um graveto fino percorrendo a minha pele, fazendo meus dedos tremerem. Abro um dos envelopes e leio uma carta qualquer. Só preciso ler a primeira linha, "Minha linda Cecília", para entender que esse tal de Didi era absurdamente apaixonado pela minha avó.

— Vó? — falo devagar, como quem não quer nada. — Quem era Didi?

Dona Cecília vira o tronco para me encarar. Ela baixa um pequeno álbum de viagens, este com aspecto bem mais recente, de volta para sua caixa de lembranças, os olhinhos miúdos e brilhantes por trás das lentes dos óculos. A vó suspira nostalgicamente.

— Didi... — ela repete o nome, mexendo a cabeça devagar, como que saboreando as lembranças. — Didi foi meu amor de verão por muitos verões. Nossa, há quanto tempo não ouço esse nome... — E, com isso, ela se volta para o álbum de fotos, parecendo um pouquinho mais saudosa e feliz do que antes.

Quando leio mais cartas de Didi, o faço sob uma nova perspectiva.

Passos fortes e apressados inundam o corredor do primeiro andar. Ouço as vozes animadas dos meus priminhos em meio à continuação de sua guerra aquática, o grito de tia Maria lá da sala de jantar ralhando com os netos para não molharem as paredes da casa da vó Cecília. A vó se levanta, engancha as alças das sacolas plásticas nos dedos e sai do quarto, deixando-me sozinho. Na sua melhor imitação do Flautista de Hamelin, ouço-a atrair as crianças para baixo com a promessa de presentes e um jogo do qual eles nunca ouviram falar.

Ainda não estou pronto para voltar para o almoço e esbarrar em algum dos meus familiares traidores, então mergulho cada vez mais fundo nas memórias do amor de verão da vó Cecília. Em meio às cartas, encontro uma foto, provavelmente a mais antiga da minha vó que já vi na vida. Ela está linda em um vestidinho aparentemente branco – é difícil dizer quando tudo está colorido em todos os tons possíveis de amarelo – que cai muito bem em seu corpo jovem, em meio a duas outras pessoas, um garoto e uma garota de pele negra, também em roupas brancas. Os três sorriem em frente a uma casa de um andar e portão de ferro, parecendo amigos. No verso da foto, com o garrancho que a vó tem até hoje, a legenda: "verão de 1963, Ubatuba".

Me pego apertando o bolo de cartas na mão livre enquanto estudo a fotografia. O garoto, em uma camisa branca cujos três botões superiores estão abertos, revelando o peito esguio bem delineado, tem seu braço nos ombros da minha vó, e um sorriso charmoso. Do seu outro lado, a garota tem um turbante no topo da cabeça, um sorriso pequeno e uma pose imponente. Talvez sejam irmãos, esses dois. Seus rostos têm os mesmos traços suaves de um desenho feito para ser tracejado com os dedos, cheio de curvas. Mas o que me chama mais atenção é a pequena inclinação da cabeça do rapaz, que faz com que a ponta de seu nariz encoste na orelha da vó Cecília.

Encontrei Didi.

Capítulo 3

Quando Júlio bate à porta, abrindo-a com a ponta do pé, e entra segurando um pratinho de sobremesa com um pedaço de pudim, estou sentado em frente ao computador, olhando uma imagem estática de casas altas no Google Maps em tons pastel de branco, creme e bege.

Ele se senta ao pé da cama e me observa em silêncio. Sei que Júlio já esteve no meu quarto – tecnicamente, o antigo quarto do meu pai, onde morei de segunda a sexta desde os oito anos até o fim do ensino médio enquanto meus pais trabalhavam, e que hoje é meu refúgio de todo fim de semana – diversas vezes, que testemunhou o caos que é a minha escrivaninha com os livros da faculdade, lápis de cor, papéis, canetas coloridas, cadernos e todos os outros materiais para desenho que ficam ali, mas dou uma ajeitada rápida nas coisas para não parecer um completo relaxado – basicamente, empurro tudo para o canto em montinhos mais ou menos organizados. Assim que me dou por satisfeito, giro a cadeira, encontrando seus olhos.

— Achei que você também estivesse precisando de um pedaço — Júlio diz. Ele ergue o doce na altura dos olhos; há dois garfinhos de sobremesa espetados no pudim, e ele me oferece um. Levo uma garfada de pudim à boca, quase gemendo ao sentir o leite condensado se derretendo na língua. — Está tudo bem? Você demorou a voltar da cozinha aquela hora e, quando voltou, estava corado.

Há preocupação em seus olhos verdes enquanto Júlio esquadrinha meu rosto, a expressão enrugada. Cutuco os vincos profundos em sua testa com o cabo do garfo.

— Essas rugas te fazem parecer quinze anos mais velho do que você é, Juba.

Ele revira os olhos, um meio sorriso nos lábios. Dividimos o pudim em silêncio. Flagro os olhares furtivos que Júlio lança à tela do meu notebook velho, onde a página do Google Maps continua aberta.

— Me diz o que aconteceu — ele pede, categórico.

Eu me remexo na cadeira, rodopiando-a em semicírculos enquanto lambo as gotinhas da calda de caramelo do garfo.

— Meus tios querem internar a vó Cecília num asilo — digo. — Eles estão com medo do que pode acontecer a ela no tempo em que fica sozinha. Mas eu tenho um plano. Eles não vão levar a minha vó.

Júlio expressa várias emoções num espaço curto de tempo – surpresa, raiva, curiosidade. Calado, veste sua melhor cara de economista, refletindo sobre a situação.

— Eu encontrei essas cartas numa caixa de lembranças da minha vó — continuo, pegando o bolo de cartas da escrivaninha e entregando-o para Júlio. — Descobri que ela tinha esse namorado, o Didi, e eles mantiveram um relacionamento de verão durante anos! Então estava pensando: se o argumento dos meus tios é a vó Cecília estar sozinha, eles não vão ter razão para querer largá-la num asilo se ela tiver alguém. Problema resolvido.

— Você está romantizando a situação, Caetano — Júlio diz, sacudindo a cabeça. Apesar da negativa, vejo o canto de sua boca se curvar. — Como você sabe se isso vai dar certo? Não tem como você saber se esse tal de Didi continua vivo. As chances desse cara estar vivo, solteiro e ainda por cima apaixonado pela sua vó são minúsculas.

Dou as costas para o meu amigo por tempo o suficiente para colher a carta e a foto debaixo do notebook.

— Lê isso — empurro a carta contra seu peito. Júlio desdobra o papel e começa a lê-lo imediatamente. — Você realmente acha que alguém que escreveu uma carta dessas poderia se esquecer de alguém que amou tanto?

— Acho — ele responde, descendo os olhos pelo papel. Eu bufo. Júlio chega ao fim da carta e a vira para mim, os dedos apontando para o cabeçalho. — Esta carta é do começo dos anos sessenta. Ainda que por algum milagre o sentimento desse cara pela sua vó tenha sobrevivido todos esses anos, quem garante que ele não é um amontoado de ossos dentro de uma caixa em algum cemitério de Ubatuba?

— Também não precisa ser mórbido. — Tomo a carta da mão de Júlio, dobrando-a com cuidado antes de colocá-la de volta no envelope. Sinto o peso do olhar de Júlio sobre mim a cada movimento que faço, então encaro de volta. Fitamo-nos um ao outro, descobrindo as manchinhas escuras das nossas íris, até que eu morda o interior do lábio, incapaz de me controlar. — Olha, se tem uma chance de impedir que minha avó vá pra um asilo, eu vou atrás. De todas as pessoas acima dos dezenove anos de idade lá embaixo, a vó Cecília é a mais lúcida e cheia de vida que eu conheço.

"Ontem à noite, vi como ela olhava as fotos do meu avô, o modo como ela sempre olha para as fotos dele espalhadas pela casa, se lamentando e limpando as lágrimas. Ela merece mais do que isso."

Chacoalho a cabeça, ciente do olhar atento de Júlio em mim.

— A dona Cecília é puro amor. Ela merece encontrar alguém que possa retribuir esse sentimento de novo. Todo mundo merece, na verdade. Você não acha?

Estou um pouco ofegante, a garganta meio seca, e meu coração disparou depois de falar tanto. Acho até que minha cabeça está rodando um pouco. Júlio mantém os olhos fixos em mim, o cenho franzido, os lábios trêmulos. Ele parece estar prestes a dizer algo, mas então pensa melhor, comprime os lábios em linha e engole em seco.

— Caetano, preciso te dizer... — Júlio diz, por fim. Meu nome arranha sua garganta de um jeito meio gutural, e imagino o que ele dirá em seguida.

— Eu sei — interrompo.

Júlio fica em silêncio, dedos bem cruzados sobre o colo. Mordo o lábio.

— Sei o que vai dizer, e preciso saber se acha que é uma boa ideia.

Júlio descruza as mãos, espalmando-as sobre os joelhos, e seca as palmas na calça jeans. Dá um pigarro e pergunta:

— Pode elaborar isso?

— Quando foi a última vez que você levou seu carro na revisão? — disparo.

— Quê? — ele pergunta, confuso. — Por quê?

— Porque a gente vai descer até Ubatuba, encontrar Didi, e promover o maior reencontro amoroso antes do ano-novo. E é muito mais rápido ir de carro do que de ônibus.

— Tá, tá. Espera. — Júlio ergue uma mão na minha frente, o rosto retorcido em confusão. — Você está insinuando que a gente pegue a estrada até o litoral agora?!

— Não agora, né! Pelo amor de Deus, Júlio, hoje é Natal.

Júlio explode em uma gargalhada que sacode todo seu corpo e ecoa em cada canto do meu quarto. Está rindo tanto que seu corpo escorrega na cama de solteiro e ele acaba deitando de lado no pé da cama, as bochechas cada vez mais rosadas. Eu o observo sorrindo, porque, sinceramente, não sei o que fazer e estou nervoso com sua reação. Então Júlio se endireita, limpa as lágrimas dos olhos e me encara, bem-humorado.

— Ah, Caetano, você é impossível!

Júlio buzina da calçada. Ouço a porta do seu Fiat Uno Way bater pouco antes do meu celular vibrar com uma mensagem.

Esvazio a mochila da faculdade, espalhando os livros em cima da cama ainda desarrumada. Da escrivaninha, pego o protetor solar, a garrafa de água, um boné, o iPad e a carta de Didi com a foto, e enfio tudo dentro da bolsa junto com uma muda de roupa e a nécessaire.

O celular volta a vibrar sobre o colchão e eu o pego. Há duas notificações de Júlio na tela: "cheguei" e "cheguei há 5 minutos". Consigo imaginá-lo recostado contra a lataria vermelha do carro, batucando os dedos longos e ossudos no capô até se cansar de me esperar e digitar mensagem atrás de mensagem. Eu deveria ter deixado as coisas arrumadas antes de pegar no sono ou acordado mais cedo, mas estava ocupado demais desenhando ou dormindo até tarde para cogitar uma dessas opções.

Salto os degraus da escada dois por vez, a mochila batendo às costas, pulando junto. Na cozinha, abro os armários e procuro qualquer coisa que a gente possa ir beliscando na viagem. Encontro um pacote de Cheetos e bolacha Passatempo, e então abro a geladeira. De cócoras em frente às prateleiras repletas de sobras do almoço de ontem, legumes e frutas, meu celular avisa uma nova mensagem, que ignoro.

— Bu!!!

— PUTA MERDA! — O susto me faz acertar a prateleira de cima com a cabeça e cair de joelhos no chão. Minha vó ri sem a menor cerimônia. — Sua velha esquisita, você quase me mata do coração!

Ainda sinto os dedos emborrachados de sua luva de jardinagem nos meus pneuzinhos quando me viro para olhá-la, espreitando ao redor da bancada. Ela está usando seu chapéu de palha grande, o rosto brilhante com uma camada de suor do trabalho no jardim dos fundos.

— Velha é a sua mãe — ela rebate. Então, mais calma, pergunta: — Aonde você vai?

— O Júlio está me esperando lá fora. Vamos passar o dia no parque, pra relaxar — digo, a respiração mais calma.

Dona Cecília sacode um dedo no meu rosto, os olhos cerrados.

— Você está mentindo.

Viro o corpo de volta para a geladeira, esquadrinhando-a. Pego dois Toddynhos de trás de uma pilha de vasilhas de plástico e um pacote de doce de leite em cubos fechado com um prendedor de roupa.

— Tá viajando, é?

— Eu conheço você — ela insiste, agora me cutucando nas costas. — Não pode mentir pra vó. Coração de vó é frágil. — Reviro os olhos. A única coisa frágil nessa mulher é o próprio ego. — Se você e o Júlio estiverem dando uma escapadinha, quero ser a primeira a saber.

Volto-me para minha avó, chocado. Uma risada nervosa escapa da minha boca.

— Vó, eu e o Júlio somos só amigos. Além disso, tenho quase certeza de que ele está de rolo com alguém.

— E esse rolo dele é o único impedimento pra vocês dois ficarem juntos? Porque eu posso dar um jeito nisso.

A vó está tão perto que sinto o cheiro do jardim, terra e grama cortada, e do sabonete em sua pele. Fico sem reação, sentindo o celular cada vez mais pesado no bolso quando uma nova mensagem o faz vibrar.

— Eu preciso ir, vó. — Me apresso até a parede ao lado da geladeira, pegando um saco plástico para colocar a comida dentro. — O Júlio já deve estar puto de ficar me esperando.

— Caetano, espera um pouco. — A vó me segura pela lateral dos braços, firme e gentil. Ela prende meu olhar com seus olhos castanhos e suspira. Estou esperando que ela faça o sinal da cruz na minha testa, pedindo para que os santos me protejam e perdoem minhas mentiras descaradas, mas ela não faz. — Eu gosto do Júlio. Ele é um bom garoto. Meio rígido, mas é um bom garoto.

— Vocês dois só se gostam porque ambos roubam nas cartas — digo.

— A gente se gosta — ela diz, o polegar traçando círculos na manga da minha camiseta — porque nós dois te amamos mais do que qualquer coisa no mundo.

Perco o fio da meada quando Júlio buzina de novo, insistente.

— Há quanto tempo esse rapaz está esperando por você? — dona Cecília pergunta.

— Eu acordei às nove, mas era pra gente ter saído às nove e meia, então...

— Pelo amor, Caetano Valentim...

A vó transfere os petiscos da sacola plástica para uma bolsa térmica que não faço ideia de onde tirou e me expulsa em direção à porta da frente. Júlio espera recostado à lateral do carro, como eu imaginava, os braços cruzados sobre o peito e o celular em uma das mãos. Assim que me vê, joga as mãos para o alto, se desencosta do veículo e atira o celular pela janela aberta sobre o banco do motorista.

— Desculpa, desculpa, desculpa — vou dizendo enquanto destranco o portão. Dou um beijo rápido na bochecha de Júlio e circulo o carro, despejando a bolsa térmica e a mochila no banco de trás.

Cruzo os braços em cima do teto do carro e descanso a cabeça no dorso da mão. Minha vó se despede de Júlio dando-lhe um abraço afetuoso. Depois, toma distância e o mede de cima a baixo, assentindo em aprovação.

— Que homem bem arrumado e cheiroso. Esse parque de vocês tem muita sorte, né?

Dou risada ao ver Júlio levar uma mão ao pescoço, visivelmente sem graça.

— Só vamos nos divertir um pouco, vó — respondo. — Andar de bicicleta, caçar Pokémon... esse tipo de coisa.

Dona Cecília retorna seus olhos semicerrados a Júlio. Ela lhe dá dois tapinhas no ombro.

— Fiquem longe do sol — recomenda. Ela tira as luvas de borracha e as guarda no bolso do avental num gesto deliberadamente casual. — Cuidado com formigas e não se esqueçam de usar camisinha.

Sinto meus olhos saltarem das órbitas. Dona Cecília tem uma habilidade inerente de fazer com que alguém de sua escolha passe vergonha, mas fazia tempo que eu não era pego para Cristo. Júlio se dobra, rindo, até ficar quase da mesma altura da minha vó. Solto um suspiro de alívio ao perceber que ele leva a provocação na brincadeira.

— Tchau, dona Cecília — ele diz, envolvendo-a num abraço.

O chapéu grande de palha esconde o rosto dela, e sei que deve estar aproveitando a situação para continuar a dizer coisas extremamente embaraçosas - não que ela se preocupe em esconder, obviamente. Porém, quando se separam, Júlio está sorrindo e ela sopra um beijo para ele.

— O que vocês estavam conversando de tão engraçado? — pergunto quando eu mesmo entro em um abraço com minha avó.

— Estava falando sobre minhas flores, Leãozinho. — Ela pisca os olhinhos miúdos.

— Por que é que eu não acredito?

— Cisma sua. — Dona Cecília pega meu rosto em suas mãos. Estão geladas e úmidas de suor. Ela me dá um beijo na bochecha, que eu retribuo. — Bom passeio, viu? Se cuidem.

Despeço-me da minha vó com um "Até mais" e assumo meu lugar no banco do carona. Assim que afivelo o cinto de segurança, Júlio me fuzila com os olhos.

— Você não leu as minhas mensagens!

— Eu li — respondo com um sorriso de desculpas. — Pela notificação.

— Você disse que ia melhorar sua pontualidade — ele me acusa, e desta vez posso ouvir o bom humor em sua voz apesar da carranca.

— É um processo. Vou ser melhor, juro.

Júlio gira a chave na ignição, trazendo o carro à vida.

— Está com o endereço? — ele pergunta.

Tiro do bolso da bermuda, junto com o celular, uma carta que separei do bolo antes de devolvê-lo para a caixa de lembranças da minha avó. Abro o Waze e digito o endereço do remetente.

— Estou.

Acenamos um último adeus para minha vó, parada ao lado do portão, e Júlio engata a primeira. O reflexo de dona Cecília fica cada vez menor no espelho retrovisor, parada exatamente onde a deixamos, até o carro fazer uma curva para a direita e ela desaparecer por completo.

— Certo — Júlio diz, a boca cheia de Passatempo. — Qual é o plano?

De algum modo, consegui encaixar os Toddynhos no porta-copos do carro enquanto dividíamos o pacote de bolachas. Júlio tira os olhos da estrada por alguns segundos, alcança a embalagem azul presa entre os meus joelhos e pesca mais uma bolacha.

— Achar Didi e convencê-lo a vir encontrar a minha vó — revelo. — Já temos o endereço. Contanto que ele ainda more naquela casa, a gente consegue voltar pra Santo André ainda hoje.

— Você acredita mesmo que esse plano hollywoodiano vai funcionar? — Júlio indaga, cético.

Viro-me no assento de modo a fitá-lo, meu melhor sorriso tranquilizador nos lábios, e assinto.

O centro de Santo André está um caos, como sempre. O GPS nos manda seguir pelo centro comercial, próximo à estação da CPTM, o que nos leva a uma longa espera no trânsito da cidade. Carros buzinam uns para os outros, impacientes, e vendedores ambulantes oferecem seus produtos aos berros, caminhando entre os veículos. Dentro do carro, o rádio está ligado em alguma estação jornalística que - surpresa! - também fala sobre o trânsito. Como as pessoas conseguem se manter dentro desse vórtice informacional monotemático, eu nunca vou entender.

Deito a cabeça no encosto do meu banco e deixo que ela penda para a esquerda. Júlio está calmo. Ele mantém a nuca reta e os dedos firmemente enrolados no volante. A barba recém-aparada deixa as maçãs do rosto em evidência, e é impossível não reparar nos seus cílios ridiculamente longos. Percebo como o topo de sua cabeça bate no teto do carro, de tão alto que é, e noto que Júlio me encara pelo canto do olho.

— O que é? — ele pergunta.

— O que minha vó te disse de tão engraçado antes de sairmos?

— Nada de mais — ele diz, soltando um pigarro. — Coisa da dona Cecília.

Com os lábios apertados e os olhos fixos no espaço minúsculo entre os carros, Júlio pareceria menos suspeito se tivesse parado o carro e saído correndo no meio da avenida. Decido deixar pra lá. Ele é meio evasivo às vezes. Uma hora ou outra, vai me contar – embora eu não consiga me libertar da curiosidade que me faz querer enchê-lo de perguntas até ele ceder. É como nossa amizade funciona.

Enquanto estamos presos no trânsito, eu desenho. O carro se move devagar, o que é ótimo, pois estou trabalhando num quadro com detalhes demais e preciso de toda concentração que conseguir. Quando sinto sede, dou uma golada no achocolatado com a mão livre, sem tirar os olhos da tela do tablet. A certa altura, noto o olhar descarado de Júlio e dou um sorrisinho.

Logo, as ruas centrais se transformam em avenidas mais largas. Avançamos um pouco, bem pouco. Ao virarmos uma esquina, dirigindo a menos de dez quilômetros por hora, nos deparamos com uma longa fila de carros à frente. O sol brilha cada vez mais forte sobre os tetos dos veículos, fazendo-os reluzir e emanar ondas de calor que me deixam meio tonto, então volto ao meu desenho. Júlio xinga.

— Que foi? — pergunto, girando o iPad no colo para delinear o rosto de Timbo.

— Esse trânsito de ano-novo — ele resmunga.

Expiro o ar dos pulmões. Bloqueio a tela do iPad após relancear o desenho inacabado. Cutuco Júlio com o cotovelo; ele recua, torcendo o tronco. Cutuco-o de novo, e dessa vez consigo fazê-lo suspirar.

— Como estão as coisas lá na empresa? — Fico feliz em ver que fui capaz de derreter sua carranca.

— Estão boas. Esperando que me efetivem no fim do estágio.

— Eles não seriam bestas de não te efetivar. Você é um ótimo funcionário. Não que eu saiba disso, porque não trabalho com você, mas posso atestar pra qualquer pessoa que você é ótimo em tudo o que faz.

Júlio dá um meio sorriso.

— Os benefícios são incríveis também — ele diz, reflexivo.

— Ah, sim! — Concordo com a cabeça. — Eu amo seu vale-refeição. Falando nisso, quando seu vale cair, a gente bem que podia ir naquele restaurante italiano em que empanturram a gente de pão com azeite, né?

Desta vez, Júlio gargalha, e tenho a sensação de missão cumprida.

Continuamos a falar sobre seu trabalho, depois sobre os filmes a que ele quer assistir – e debatemos quais deles veremos juntos, já que sou um grande bundão e cago de medo de filmes de terror – e os mais recentes jogos de videogame em sua coleção para jogarmos quando voltarmos de Ubatuba com Didi. Aos poucos, meu amigo relaxa, avançando com o carro conforme a fila anda.

De alguma forma, a conversa diverge para o desejo de Júlio de sair da casa da mãe. Ele diz que se sente horrível estando tão perto de completar vinte e cinco anos e ainda dividir um apartamento minúsculo com a mãe no Ipiranga. Ao mesmo tempo, fica receoso em deixar a mãe sozinha.

— Ela pode querer voltar a namorar um dia — ele diz, os dedos batucando na lateral do volante. Pego uma bolacha e ofereço o pacote para ele. — Tá bem que ela já falou que não quer mais se casar, mas quem sabe? E, mesmo que ela não queira ninguém, merece voltar a ser totalmente independente.

— Motel em São Paulo tá caro demais.

— Uhum... — Júlio mastiga uma bolacha, o colo tomado por migalhas. Ele as espana para o chão. — Não quero pensar na minha mãe transando, mas é, você entendeu.

— Tá, mudando de assunto... Você pretende morar sozinho, então? Porque da última vez que você pesquisou apartamentos perto do trabalho, todos estavam absurdamente caros.

— Eu tenho minha reserva de dinheiro e meus investimentos — ele diz isso praticamente me metralhando com o olhar. Dou de ombros. Júlio sempre me fala sobre investir meu dinheiro, e que isso e aquilo outro (e eu até tenho um dinheirinho investido), mas, quando se ganha por comissão e assinatura recorrente no Catarse de alguns leitores da *Cloudbusting*, fica difícil ter uma cartela de investimentos estável. — Mas não o bastante pra pagar por um apartamento ainda — ele completa, mastigando outra bolacha.

— Você considerou ter um colega de apartamento? Vocês poderiam dividir as despesas.

— Sim... — ele fala devagar, escolhendo as melhores palavras, mas decidindo-se pelas mais diretas no final. — Mas não gostaria de morar com um estranho.

Só de imaginar um desconhecido dividindo uma casa com Júlio e suas mil regras e manias, começo a rir.

— Você mataria o pobre coitado na primeira transgressão! — digo.

— É só não deixar louça suja na pia! — ele se defende, comprando a brincadeira.

— Ou deixar o banheiro úmido.

— Ou comida estragar na geladeira.

— Ou respirar muito alto enquanto dorme.

— Já chega — ele me corta, sorrindo. — É por isso que eu não quero morar com um estranho. Eu tenho meu jeito.

— E não cede — completo, sorrindo de volta.

— Uma casa organizada é o reflexo de uma mente e uma vida organizadas — conclui ele.

Abano a cabeça de um lado para o outro até encostá-la no vidro da janela. Ambulantes entremeiam os carros, suas caixas térmicas de isopor presas nos pescoços por uma tira grossa de tecido, e nos braços, sacolas e mais sacolas com salgadinhos e doces. Está tão quente do lado de fora que uma vendedora vira sua caixa térmica cheia de gelo derretido sobre a própria cabeça e pescoço, para aliviar o calor. Brinco com as saídas do ar-condicionado com as pontas dos dedos.

— A gente poderia morar junto, se eu pudesse bancar uma casa — comento, ainda meio bêbado das risadas.

— Não me importaria de ter uma responsabilidade financeira maior — Júlio diz, após um momento de silêncio. Admiro seu reflexo no vidro. — Pelo menos até que nós dois possamos contribuir igualmente.

Pelo reflexo na janela, vejo o rosto de Júlio virado na minha direção, o pomo-de-adão proeminente se mexendo quando ele engole a saliva, esperando. Dou risada.

— Estamos até parecendo um casal prestes a se casar, decidindo quem vai ajudar com o quê em casa. — Sacudo os ombros, rindo e fazendo careta. Penso que Júlio vai embarcar na brincadeira de novo, mas não. Caímos em um silêncio tão denso que me sinto sufocado quando respiro.

O trânsito se afunila em uma curva que leva para a rodovia. Os carros ao redor se bicam, todos querendo entrar em uma das duas pistas centrais, o que faz o carro andar absurdamente devagar. Sinto o tédio se instalar em mim quando não tenho nem vontade de olhar para o iPad; ele nasce das saídas do ar-condicionado e sobe pelas minhas canelas nuas, se enrola nos pelos das pernas e braços e cria uma camada gelada de irritação no topo das costas. Eu me remexo no banco, esfregando as costas contra o tecido, bufando.

— Será que a gente pode colocar uma música? — imploro. Por alguma razão sobrenatural, apenas cinco estações de rádio funcionam no carro de Júlio, e nenhuma delas toca música. — Me empresta seu celular.

— Por que você não usa o seu?

Finjo não ouvir o protesto de Júlio. Pego o telefone e desbloqueio com meu polegar. Em algum momento ao longo dos nossos três anos de amizade, Júlio criou uma playlist para mim - não para mim, mas cheia de músicas que eu vivo obrigando-o a ouvir -, que se chama MÚSICAS QUE O CAETANO FAZ/ME FARIA OUVIR. Eu acho muita consideração da parte dele.

— MEU DEUS, "SEEING BLIND"! — Ponho a música para tocar, animado.

Júlio fecha os olhos, balançando a cabeça em julgamento, mas sei que, em um cantinho dentro de si, ele está sorrindo.

Não sei cantar, mas não sou dessas pessoas que não sabe cantar, mas acha que sabe e força sua cantoria terrível para qualquer um que esteja por perto. Eu reconheço que estou longe de ser um bom cantor, mas ignoro esse detalhe quando ouço minhas músicas favoritas.

Por toda a primeira parte da música, me contento em fazer caras e bocas, mexendo os braços tanto quanto posso dentro do Fiat Uno do meu amigo. Flagro Júlio fazendo o *lip sync* mais tímido do universo no refrão. Na segunda parte, olho para Júlio e continuo cantando. "I see you from a different point of view, feels too good to be true. I found my missing piece." Júlio me encara sorrindo abertamente. Quando a bateria indica o segundo refrão, Júlio e eu cantamos a plenos pulmões. Um vendedor ambulante passa por nós, assistindo a nossa performance com estranheza no olhar, mas não me importo. Então, quando chegamos na ponte, Júlio e eu estamos olhando um nos olhos do outro. "Oh my my, when I look into your eyes, it's a sight I can't describe, oh I must be seeing blind..." Estou todo suado. Minha mente dispara a mil por hora e continuo cantando o refrão, mas, quando a música acaba, percebo que terminei esta última parte sozinho. No último golpe do violão, fito os olhos verde-escuros de Júlio, a respiração acelerada. Estamos sorrindo um para o outro.

— Você aprendeu a letra! — digo, emocionado. Júlio simplesmente assente, a expressão relaxada. — Júlio, falando em bom demais pra ser verdade, achar sua cara metade e afins... — Mordo o lábio inferior. Ele ergue uma sobrancelha, incentivando-me silenciosamente a continuar. — E aquele cara com quem você estava saindo?

Júlio parece ter sido pego de surpresa. Ele volta o rosto para frente e demora a responder. Em seu silêncio, lembro da minha vó me perguntando se o rolo atual de Júlio era a única coisa mantendo a gente separado. Devia ter dito que Júlio e eu somos amigos, ponto; que se algo tivesse que ter rolado entre a gente, teria acontecido três anos atrás, naquela festa da faculdade em que nos conhecemos; e que não era justo com nenhum de nós dois aquela velha abusada soltar frases do tipo "usem camisinha" quando nós saíamos juntos - na verdade, era bem desrespeitoso.

— Escuta, Caetano... — Júlio diz, tirando-me da minha própria cabeça. — Acho bonitinho o que você está fazendo pela sua avó, de verdade, mas gostaria que não se intrometesse na minha vida amorosa. Tudo bem?

Estranho a reação de Júlio, mas deixo o assunto morrer.

Reconheço os acordes do violão de "Love Story", da Taylor Swift. Faz um total de três dias que não ouço essa música, porém a maneira como a conversa com Júlio degringolou me faz pegar o celular do suporte e trocar para algo menos romântico. Preparo uma fila com músicas com teor romântico baixo ou nulo e reparo nos ombros retesados do meu amigo. Afundo um pouco mais no banco do carona, apoiando as costas entre o banco e a porta do carro de modo que a traseira do telefone fique de frente para Júlio. Abro o Instagram. Não me surpreendo quando a primeira foto do feed de Júlio é de um barril de cerveja artesanal, mas não estou procurando por isso. Clico no ícone de mensagens, rapidamente encontrando o perfil do último peguete dele. Assim que as fotos carregam, entendo o porquê de ele querer que eu mantenha distância - a primeira foto do perfil é a de um casal de rapazes trocando um beijo em frente a um fundo claro com iluminação roxa. Franzo o cenho e torço o nariz, incerto sobre o que fazer, o dedo pairando sobre a fotografia.

— Você trouxe água?

Demoro um pouco para registrar a pergunta de Júlio. Quando eu a processo, fecho o aplicativo e ponho o celular entre as pernas enquanto me dobro para sacar a garrafa de água da bolsa.

Júlio xinga, aliviado. Ele estala o pescoço e os dedos das mãos antes de pegar a garrafa.

— Talvez a gente chegue a tempo pro almoço — ele diz após beber um longo gole. — Tô morrendo de vontade de comer camarão.

Capítulo 4

Eu me ocupo desenhando enquanto Júlio dirige em silêncio. Ao perceber que a viagem demorará mais do que o planejado, Júlio decide reabastecer o carro, só por garantia. Ele guia o automóvel para fora da pista principal em direção a um posto de gasolina próximo.

— Preciso de um café. Você quer alguma coisa? — ele pergunta, estacionando o carro ao lado da bomba de gasolina.

— Deixa o celular pra eu ficar ouvindo música.

— Qual é o problema de usar o seu?

— A conexão bluetooth com o seu rádio é péssima e leva uma eternidade pra funcionar. O seu já tá ligado — digo.

Acompanho com os olhos meu amigo entrar na loja de conveniência. No instante em que cruza a porta dupla de vidro, me apresso em abrir o Tinder em seu celular e começo a fazer matches, avaliando os rapazes que aparecem. Lá no começo, quando Júlio e eu ainda estávamos nos conhecendo, perguntei por que ele não desinstalava esses aplicativos de relacionamento quando encontrava alguém.

— Qual é o propósito de desinstalar se não é nada sério? — ele replicava com naturalidade. — Quando encontrar alguém que valha a pena, alguém com quem eu queira ter um relacionamento sério, eu apago.

Então a conversa mudava para outro assunto.

Os primeiros três rapazes que surgem na tela do celular são ridiculamente bonitos e vestem roupas sociais. Ao olhar para a localização de cada um, percebo que Júlio deve ter configurado o aplicativo de algum modo que englobe somente pessoas próximas ao seu trabalho. Continuo selecionando as melhores opções – algo quase absurdo, considerando o tanto de requisições que esse povo faz, como se estivessem pedindo comida por aplicativo com uma lista gigantesca de restrições – e me comunicando com aqueles com quem Júlio dá match até ouvir a voz do meu amigo conversando com o frentista. Me certifico de tirar as notificações do app e aumento o volume do rádio.

Júlio me estende um saquinho de papel branco quando se acomoda no banco do motorista. Há três brigadeiros ali dentro. Falo que não havia pedido nada, mas Júlio me ignora.

— É seu doce de festa preferido — ele diz simplesmente.

— Obrigado.

— Acho bom a gente verificar o calibre dos pneus também — Júlio pensa em voz alta.

— Você não calibrou antes de virmos?

— Calibrei — ele frisa, afirmando com a cabeça. — Só quero garantir que a gente vai chegar na cidade sem problemas.

Nós dois fitamos a fila de carros para a bomba de ar, ainda maior do que a fila para abastecer.

— Eu vou pegar a fila. — Abro a porta do carro.

— Quê? Caetano, como...?

— Vou ficar de pé entre os carros, ué.

Sigo até ficar atrás de um Fox e aceno para Júlio, que sacode a cabeça dentro do carro. Um Jeep buzina, o motorista careca e barbudo pedindo para que eu saia do caminho com um gesto de mãos, mas aviso que estou guardando lugar. Ele grita pela janela aberta que estou sem carro e eu o ignoro. O careca volta para seu assento, resmungando algo sobre meu tamanho de baleia. Antes que minha cabeça me leve para um estado de consciência suprema a respeito de como a camiseta GG fica um pouco apertada no peito e na barriga ou como as minhas canelas têm a mesma grossura do meu antebraço, respiro fundo e repasso o plano para encontrar Didi.

Júlio dá um tapa na buzina e dá uma guinada na direção do espaço onde estou. Dou um salto, assustado. Ele me saúda com um sorriso de canto ao dar a volta até a bomba de ar e pegar a mangueira para encher os pneus. Júlio começa com o pneu ao meu lado. Ele me pergunta em que eu estava pensando e eu conto, com exceção dos pensamentos perigosos – esses faço questão de manter o mais longe possível.

— Por que não me contou que terminou com seu último namorado? — Segurei a pergunta o máximo de tempo que consegui. Assisto conforme ele se apoia nas pontas dos pés, de cócoras, enquanto verifica a pressão dos pneus, como se nada tivesse acontecido... — Somos amigos. Podemos contar qualquer coisa um ao outro.

Ele suspira, a cabeça baixa.

— Se eu fosse falar sobre cada cara com que saio e dá errado, a gente nunca mais falaria de outra coisa. — Júlio enrosca o pino no pneu e se move para o último. — E a gente nunca namorou. Era só uma ficada. Uma ficada sem compromisso que acabou, ponto final.

— Eu só queria poder te apoiar do mesmo jeito que você faz por mim — murmuro.

— Olha, eu entendo a sua preocupação, entendo de verdade, Caetano — ele diz baixinho. — É uma das suas qualidades que mais amo. — Júlio se levanta, os joelhos estalando quando fica de pé, e limpa as mãos na parte de trás da bermuda jeans. — Sei que posso conversar com você, só não senti que fazia sentido falar sobre esse assunto.

Ergo os olhos das minhas mãos entrelaçadas, encontrando os de Júlio. Não consigo sustentar seu olhar por muito tempo. Me sinto exposto demais, errado demais, sensível demais. Será que... não, eu com certeza exagerei em fuçar seu celular e encontrar possíveis ficantes, quem sabe namorados, para ele. Nem mesmo perguntei se ele queria aquilo. De repente, penso na minha vó, no que estou fazendo por ela, e me pergunto se não estou fazendo a mesma coisa. Estou espiralando de volta para a saída dos pensamentos perigosos, então me dobro sobre a janela do carona – que deixei aberta enquanto o ar-condicionado do carro estava desligado – e pego a garrafa de água para ajudar Júlio a limpar as mãos.

O Careca do Jeep buzina de novo, e parece que o cara esqueceu a mão sobre o botão, pois o som é mais longo do que o normal. Na virada de pescoço para dar-lhe meu olhar mais mortal, sacudo o braço com um pouco mais de vontade do que queria e acabo molhando a camisa de Júlio. Meu amigo grita com o Careca. Percebo que os ânimos estão se exaltando, então sugiro a Júlio que entremos no carro para seguir viagem. Ele xinga o Careca uma última vez antes de eu conseguir guiá-lo até sua porta. Dou a volta pelo porta-malas, fitando o Careca. Ergo o dedo médio na sua direção com um sorrisinho, movendo os lábios abertamente para promover uma leitura explícita e sem empecilho do meu "vai tomar no cu", e entro no carro, batendo a porta com cuidado para que Júlio não brigue comigo.

Entre um ponto e outro de São Paulo, só tem verde. Ocasionalmente, aparecem algumas construções de ranchos da pamonha, frango frito ou cachoeira da linguiça – o que me faz cair na gargalhada já que preservo a mesma mentalidade que tinha aos onze anos. Minha cabeça está encostada na janela, por onde escorre um fio de suor. Estou tentando não vomitar, mas até mesmo o reflexo doente e pálido do meu rosto me faz querer colocar a mistura de salgadinhos e achocolatado para fora – uma visão terrível que, só de imaginar, traz um líquido azedo à base da garganta.

Sinto o peso do corpo de Júlio sobre meu colo enquanto ele se divide em dirigir e resgatar algo do porta-luvas. Ele me passa um frasco de Dramin sem falar nada. Pingo as gotas diretamente na língua, os pelos do corpo se arrepiando com o gosto amargo do remédio.

— Come um brigadeiro por cima, pra disfarçar o gosto — Júlio sugere quando volto a encostar a cabeça no vidro gelado.

— Não quero estragar o brigadeiro — respondo. — Quanto tempo até a gente chegar?

O olhar de Júlio recai sobre mim, pesado de preocupação, antes que ele responda.

— Um tempo — ele diz por fim. Eu bufo, encaixo a cabeça no encosto do banco e encaro o teto cinza. — Como está indo com a *webcomic*?

— Está indo... O personagem que criei pensando no Heitor está me irritando.

— Nada de novo com relação àquele vagabundo do seu ex.

— Até que foi gostosinho no começo... — Sinto o canto da boca se curvar suavemente em um sorriso.

— O que durou umas duas semanas, porque aquele puto não conseguia parar de transar com a faculdade inteira.

As bochechas e a testa de Júlio estão lívidas de raiva. Seus dedos se prendem ao volante, tão firmes que as veias no dorso de sua mão saltam. Dá para ver pela maneira como sua boca entorta que ele quer falar mais. Eu quase quero que ele continue xingando o Heitor – é estranhamente reconfortante ter alguém descendo o pau em uma pessoa que te magoou, como se ela estivesse armada até os dentes e pronta para criar, encarar e vencer uma guerra por você. Cutuco a linha da barba em sua bochecha até ele chacoalhar a cabeça e a fúria desaparecer de seu rosto.

— Seja como for — continuo —, esse personagem tá atrapalhando a história, e nem é de um jeito bom.

— Mata ele — Júlio sugere, um brilho endiabrado nos olhos.

— Ou eu posso só sumir com ele. — Empurro o ombro de Júlio, que ri. — Mandar pra prisão intergaláctica ou algo assim.

— A história é sua, Leãozinho. Pode fazer o que quiser com ela. Inclusive matar seu ex-namorado escroto. Até onde eu sei, isso não é crime.

— É antiético e mesquinho!

— Podia fazer com que ele transasse com alguém de uma espécie com orifícios dentados — Júlio prossegue, o olhar fixo na estrada, o sorriso cada vez maior. — Daí, quando eles fossem transar, ele perderia o pênis, onde conserva todo seu poder, e desapareceria em uma explosão de sangue.

— Meu Deus. De onde você tirou isso?

— *Vagina dentada*, 2007.

— Eu não vou desenhar uma vagina com dentes na minha *webcomic* — rebato, horrorizado.

— Eu não falei nada sobre vagina.

Júlio explode em uma gargalhada quando meus lábios se partem e eu o fito inexpressivamente. Eu me ajeito no banco do carona, alguns fiapos de riso escapando da boca aberta. O choque vai, lentamente, dando lugar à contemplação. Imagino o Heitor da vida real sem os chifres encaracolados e a pele esverdeada – olhando para baixo, encarando o vazio entre as pernas, a expressão um misto de pavor e desespero. Abro o aplicativo de notas no iPad e digito rapidamente a ideia de Júlio, apenas porque não existe uma péssima ideia, como diria minha mãe, só uma péssima execução.

— Já que estamos falando de ex-namorados... — começo, torcendo para que o bom humor de Júlio o faça se sentir mais aberto a compartilhar.

Mas dou de cara com uma parede barbada sacudindo a cabeça de um lado para o outro, estalando a língua.

— Tsc, tsc, tsc... De jeito nenhum. Não vamos falar disso.

Bufo.

— Júlio!

— Cacete, Caetano, será que você não pode deixar esse assunto morrer?

— Não!

— Por quê?

— Porque você está esquisito!

— Eu não tô esquisito, você é que tá deixando isso esquisito.

— Eu...

— Arrá! Olha você insistindo nesse bendito "eu" de novo! Se estivesse tão preocupado comigo, se quisesse mesmo só me apoiar como você diz, então faria o que estou pedindo e deixaria isso de lado.

Qualquer palavra que eu pudesse dizer fica presa na garganta. Viro o rosto para a janela. Não quero olhá-lo agora. Júlio suspira, abaixa o vidro, e o ar quente da tarde invade o carro como o golpe de um canhão.

O carro desacelera ao entrar em uma fila para o pedágio. Separo o dinheiro e o entrego a Júlio, calado. Gostaria de dizer a ele que estou insistindo porque me importo, porque quero que fique bem, porque quero cuidar dele. No entanto, sua última frase parece colada ao teto do carro, circulando minha cabeça.

— Me desculpa — falo baixinho, vários metros à frente.

Os altos morros verdes deram lugar a superfícies mais planas, pontilhadas por rochedos nas laterais do caminho.

Carros passam por nós a toda velocidade, mas consigo ler suas placas. Placas de carros, cercas de estacas e arame, pastos... vejo tudo à minha direita para não encontrar o olhar de Júlio.

Júlio respira fundo – imagino que queira uma cerveja agora, sua favorita, cujo nome nunca me lembro embora tenha rótulo preto e amarelo, tão gelada que a garrafa estala em contato com a água do gelo derretido no balde.

— Desculpas aceitas.

Não um "tudo bem" ou "deixa disso". Desculpas aceitas.

É assim que sei que passei dos limites com Júlio.

O silêncio a seguir é denso, pesado, e desce de maneira esmagadora sobre mim. A pior parte de uma viagem como essa é que você literalmente não tem para onde correr. Não existem portas ou paredes, caminhada pelas ruas do bairro, uma visitinha à loja de bolos que ajude a tirar a cabeça do problema. Me torno dolorosamente sensível ao espaço entre mim e Júlio, um vácuo onde nada existe.

Do lado de fora do carro, começo a ver as primeiras placas para Ubatuba, e meu estômago se contorce.

— Não é tarde demais pra desistir — Júlio diz após o que parece uma vida. O som de sua voz me tira do transe cinza e verde da pista à frente. — A gente pode só curtir um dia na praia, se você quiser.

Travo os dentes. Deixo que os sons dos pneus no asfalto, do carro cortando o vento, e da música baixa preencham minha cabeça. Não posso desistir agora. Júlio me pediu distância, e talvez eu esteja sendo egoísta, praticamente cruzando o estado atrás de uma pessoa que nem sei se ainda ama minha vó ou sequer se está viva. Porém, não posso abandonar minha vó. Porque, se eu deixar que façam isso com ela... se eu permitir isso... terei traído a única pessoa que sempre me apoiou e amou incondicionalmente. E isso não é uma opção.

Capítulo 5

Eu já vi o mar.

Era de uma cor escura, meio amarela, meio amarronzada, e cheio de pedacinhos de folhas mortas que grudavam na perna. Minha mãe não me deixou molhar mais do que as canelas na água.

— O mar de verdade não é dessa cor — ela dissera.

Mais tarde, descobri que aquela praia recebia uma generosa contribuição dos esgotos da cidade.

Sendo assim, eu saberia o que era e não era mar pela cor quando o visse. Aquilo é mar.

A faixa de água azul reluzente debaixo do sol das duas da tarde captura meu olhar no instante em que os primeiros pontos cintilantes surgem no horizonte. Júlio também vê, comenta que precisamos voltar aqui quando as coisas com Didi estiverem resolvidas, e faço que sim com a cabeça. Aquele azul... gostaria de ser capaz de gravar aquela exata mescla de tons de azul no cérebro.

— O endereço do Didi já está no GPS? — Júlio quer saber.

Pego meu celular e confiro. Tudo certo até aqui.

Está tocando Selena Gomez na playlist que Júlio fez para mim. O som está baixo o bastante para não termos que aumentar a voz para conversar. Deixo que meu olhar volte a procurar o mar nos limites de onde a vista alcança conforme nos embrenhamos entre as árvores, descendo até a cidade.

Por mais que haja sons no carro, a voz de Júlio faz falta. Assisto conforme a paisagem se transforma com a sensação de que meu estômago é um caldeirão cozinhando minha ansiedade. Quando falo, Júlio e eu atropelamos um ao outro.

— Eu não queria te magoar — Júlio diz.

— Me desculpa — digo.

Erguer os olhos do painel do carro exige muito de mim, então me contento em dar uma olhada de canto no meu amigo. Os ombros de Júlio estão mais relaxados, apesar do maxilar e dedos tensos no volante.

— Você não pode continuar fazendo isso, Caetano — Júlio fala baixinho, a voz gentil.

— Eu só quis ajudar.

— Às vezes, as pessoas não querem sua ajuda.

— Às vezes, as pessoas são cabeças-duras demais para reconhecer que precisam de ajuda — rebato.

— Meu Deus, você é péssimo em pedir desculpas.

Grito internamente. Por que estamos brigando de novo? Estávamos alçando a bandeira branca! Isso não faz sentido.

Encosto a cabeça no descanso e respiro fundo, os olhos fechados.

— Me desculpa. Sério, não sei o que me deu pra ficar pegando no seu pé desse jeito. — Suspiro. Sinto o alívio no corpo da língua ao tirar essas palavras da boca. Acho que estou bem. Logo, meus lábios estão se movendo, e eu não entendo exatamente o que estou dizendo, mas gostei da sensação de tirar esse peso de mim, então continuo: — É só que... É como se você estivesse escondendo alguma coisa. Não estou dizendo que esteja. Mas também não estou dizendo que não esteja. Não guardamos segredos um do outro, Juba. Detesto essa sensação de estar sendo deixado no escuro. A última coisa que quero é me sentir assim com o meu melhor amigo, então se tiver algo que eu possa fazer para mudar isso...

Júlio, reflexivo, não diz nada.

Do lado de fora, uma placa marrom diz "Ubatuba" em letras garrafais. Seguimos a direção indicada. Abro a janela, subindo e descendo o vidro enquanto ajusto a altura certa. Sem que eu o veja, Júlio aumenta o volume do rádio.

Os pneus deslizam devagar pela rua de asfalto, ladeada por casas altas em cores pastel e terrosas. Deixamos o mar para trás há algum tempo, seguindo os comandos do GPS para ruas menores dentro do bairro. Já em Ubatuba, tivemos apenas um vislumbre da praia, abarrotada de famílias com crianças em férias escolares correndo de um lado para o outro e grupos de amigos curtindo o fim de ano no litoral. As ruas estão cheias, de modo que, assim que nos aventuramos por ruas mais populares, precisamos dirigir com cautela.

Concentro minha energia na *webcomic* – o que só posso continuar fazendo graças ao remédio para enjoo –, rascunhando a ideia de Júlio, só para tirar a cabeça da hipersensibilidade na pele da nuca e costas conforme a ansiedade se acumula na base do estômago. Minha playlist acabou. Não sei se a música é boa ou se apenas deixei de me importar. Espio pelo canto do olho meu celular, preso ao suporte no painel. Cinco minutos.

O *power bank* escorrega da minha perna, quase levando o iPad ao chão. Arrumo os dois no colo, alisando os adesivos na superfície com um cuidado que até para mim parece estranho. Perco a vontade de desenhar, vencido pela curiosidade, e encaro abertamente o mapa do GPS.

Uma longa linha reta pisca na tela. Júlio se remexe no banco, mas, se pensa em dizer alguma coisa, prefere deixar passar. No entanto, percebo o olhar fixo na tela do celular enquanto diminui a velocidade até pararmos.

— Você chegou ao seu destino — diz a moça simpática do GPS.

Com o carro parado ao meio-fio, busco no porta-luvas a foto que peguei emprestado da vó. Levanto a fotografia contra a janela baixada, comparando a imagem impressa com a construção real. Sinto minhas sobrancelhas se unirem. Encontro dificuldade em enxergar a antiga casa térrea de portão aberto e árvores altas de folhas largas da foto no sobrado cor de creme se erguendo por trás do portão moderno e quase completamente fechado.

— Estamos no endereço certo, né? — confirmo, virando-me para Júlio, o lábio preso entre os dentes.

Júlio franze o cenho. Tira meu celular do suporte e digita rápido. Espero até ele levantar a cabeça, o vinco intacto na testa, e sacudi-la.

— Esse é o endereço certo.

A brisa que vem da janela é refrescante e tem cheiro de sal. Fecho os olhos, inalo, e volto minha atenção para a casa. As paredes estão bem pintadas, como se tivessem recebido uma demão de tinta há pouco tempo, o portão igualmente bem cuidado, envernizado; as cores se destacam sob a luz do sol forte. Folhas verdes balançam ao vento no topo de um coqueiro dentro da propriedade. Estudo essa casa, a mesma que vi no Google Street View. Tem mais duas casas parecidas ao seu lado, mas o número é o mesmo.

— Ei... — Júlio me chama, a voz tranquilizadora. Ele envolve meu joelho com a palma da mão, o polegar traçando círculos em minha pele. — Ainda que a casa não se pareça com a da foto, Didi pode ainda estar lá dentro, com os cabelos tão brancos quanto os da dona Cecília.

Assinto com a cabeça devagar.

— Se algum dia a vó souber que você disse que os cabelos dela são brancos, ela vai raspar sua cabeça inteira.

Abro a porta do carro e atravesso a rua. Júlio, ativando o alarme do carro, me alcança quando já estou na calçada. Olho a casa, maior agora de perto, uma última vez e bato palmas.

— Ô de casa!

Espero por uma resposta, um "já vai!" ou "só um minuto!", mas ninguém responde. Olho ao redor em busca de uma campainha antes de tentar novamente, sem sucesso. Júlio se une a mim, e nós dois batemos palmas por um longo período até sermos surpreendidos por um grupo de quatro amigas, provavelmente recém-saídas da praia, metidas em suas cangas e com bolsas e caixas térmicas a tiracolo.

— Estão procurando alguém? — a primeira da fila pergunta, curiosa. A pele negra contrasta com o biquíni rosa-neon, os cachos presos num rabo de cavalo e os olhos escondidos atrás de óculos escuros. Ela inclina a cabeça para o lado, um tique, e abre um sorrisinho tímido.

— Sim, estou procurando uma pessoa chamada Didi. Ele deve morar nessa casa. — Aponto para o portão envernizado.

O grupo troca olhares entre si, cochichando rapidamente algo que não consigo entender. Outra garota, uma mais alta, de pele oliva e cabelos escuros, dá um passo à frente, a canga balançando com o vento.

— Alugamos a casa no Airbnb pro ano-novo — ela revela, a voz doce de desculpas. — Não me lembro do nome do locador, mas tenho certeza de que não era esse. Nós não conhecemos nenhum Didi.

As demais garotas apenas assentem. Sinto cada músculo do meu rosto pender para baixo, rugas de decepção. Júlio pressiona a mão contra a base das minhas costas, o calor irradiando de sua mão um lembrete de que ele está do meu lado.

Inflo o peito e forço um sorriso no rosto.

— Acha que poderia compartilhar o contato do locador? — peço.

É um tiro no escuro, eu sei, mas pode ser que o locador seja relacionado a Didi. Talvez um filho, sobrinho, neto, quem sabe.

— Com todo respeito, mas por que eu te passaria o telefone do locador da nossa casa? — a garota de cabelos escuros rebate. Ao cruzar os braços sobre o peito, sua bolsa bate na barriga.

Conto àquelas estranhas a história da minha vó e Didi e meu plano de uni-los. Ao passo que três das garotas se mostram empolgadas e me fazem perguntas do tipo...

— E sua vó ainda o ama?

— Você acha que eles vão se casar?

— O que você vai fazer se o Didi ainda for casado?

... a garota de canga e braços cruzados espreme os olhos na minha direção, parecendo melancólica.

— Você já parou pra pensar que talvez esse homem, esse Didi, não esteja mais vivo?

O modo como ela fala, devagar, quase pausadamente, como se estivesse receosa de estourar a bolha cor-de-rosa para a qual arrastei suas amigas, me faz vacilar. De súbito, fico muito ciente da mão de Júlio, ainda apoiada na minha lombar.

— Bianca! — uma amiga a repreende.

— Tá tudo bem — digo. — Ela tem razão. — Experimento o gosto rançoso do silêncio e da frustração pintando minha língua e o céu da boca. Por fim, dou de ombros. — Mas eu preciso tentar.

Bianca concorda. Relutante, ela puxa o celular da bolsa e, após alguns toques na tela, vira o telefone para mim. Tiro o celular do bolso e anoto o nome e número de telefone do contato antes de guardá-lo de volta.

— Obrigado. De verdade.

— Boa sorte! — dizem elas em um coro desarmônico. Elas sorriem para nós e cruzam o portão para a antiga casa de Didi.

— Ei, rapidinho aqui... — Júlio estica o braço por cima do meu ombro, chamando a atenção das garotas. Uma delas, a de cabelo curto com pontas lilás, nos fita pela abertura do portão, a sobrancelha arqueada. — Vocês conhecem algum restaurante bom e barato onde a gente possa almoçar por aqui?

Ela assente.

— Tem um restaurante caseiro super gostosinho a umas duas quadras daqui — ela diz. — É só continuar nessa rua e virar à esquerda. Tem uma placa enorme no formato de uma panela com peixe na frente. Não dá pra errar.

O mundo a partir da minha visão atual: metade da testa de Júlio, o cabelo preto alto, contra as paredes de tijolinhos aparentes do restaurante caseiro que as meninas nos indicaram. Uma televisão de trinta e duas polegadas presa a um suporte na parede exibe, sem som, um daqueles filmes de Natal de baixa qualidade e altamente viciantes, cheios de pessoas brancas. No lugar do som, o típico barulho de restaurantes próximos a pontos turísticos: a movimentação dos garçons, pés de cadeiras se arrastando no chão, passos de turistas indo de um lado para o outro, a sinfonia de talheres e cerâmica e risos e discussões abastecidos por comida e cerveja. No meu celular, a quinta ligação para o atual locador da casa de Didi vai para a caixa postal.

Um garçom, metido em uma camisa vermelha e chapéu com pinças de siri, traz uma cesta de pães e dois cardápios. Pela minha visão periférica, noto Júlio alcançando a cesta de pães tão logo o garçom nos dá as costas.

— Se você não comer — Júlio diz —, vou mandar mensagem pra dona Cecília dizendo que você se recusa a colocar comida na boca, o que provavelmente vai fazer a velha ter um ataque do coração.

— Me dá só um minutinho...

Deixo uma mensagem com meu nome e telefone em cada aplicativo possível — WhatsApp, SMS, Telegram, Airbnb — para o locador, um tal de Pacheco, e coloco o celular sobre a mesa com a tela para cima.

Júlio preenche meu campo de visão, o canto esquerdo da boca erguido em um sorrisinho. Ele empurra a cesta de pães para mim. Pego um pedaço de pão ainda morno, colorido por um fio amarelado de azeite, e mastigo, distraído.

— Ok, acho que já deu. — Júlio põe as duas mãos na mesa, os olhos fixos em mim. — Agora me explica exatamente o porquê de você estar fazendo isso.

— Eu já te disse o motivo, Juba...

O Garçom Cabeça de Siri retorna e pergunta o que vamos querer. Júlio faz seu pedido sem tirar os olhos de mim. O garçom, então, se vira na minha direção. Não olhei o cardápio, não faço ideia do que eles vendem aqui fora o bobó de camarão que Júlio pediu.

— Vocês vendem bolinho de siri? — pergunto ao garçom.

— Hmmm... não.

— E casquinha?

— Também não. Não trabalhamos com siri nessa época do ano — ele responde, ligeiramente incomodado.

— É que eu vi o chapéu... — Mordo a língua.

Com uma risada nervosa, o Garçom Cabeça de Siri me diz que a moqueca deles vende bastante. Peço uma. Ele se vai, e eu o vejo sacudindo a cabeça ao desaparecer pelas portas bangue-bangue que levam até a cozinha.

— Você me contou uma história bonitinha — Júlio diz, atraindo minha atenção. Ele bate o indicador na mesa enquanto fala, num volume em que só eu o ouço. — Nem você é tão altruísta assim, Caetano.

— O que você quer dizer com isso? — pergunto, cansado.

— Quero que me diga o que você ganha nessa história — rebate ele, categórico.

Solto o ar numa lufada, os olhos fechados.

— Você sabe o que eu ganho, Júlio — respondo. — Minha vó sempre foi minha melhor amiga. Hoje você também é meu melhor amigo, mas você entendeu. Ela sempre esteve ali. Ela nunca se importou com meu peso, ou com o fato de eu não querer ser médico, nem advogado, nem engenheiro. Ela nunca se importou de eu quebrar as coisas dela enquanto brincava porque ela estava brincando comigo. Não é só porque ela é família... Sangue nem sempre significa família. É por tudo o que a gente passou junto, sabe? E eu sei que as pessoas dirão que, se me incomoda tanto o fato de ela ir para um asilo, eu que fique com ela. — Meus olhos ardem. Pisco a ardência para longe. Júlio se mexe em sua cadeira. — Acontece que essas pessoas não conhecem a dona Cecília, ela nunca se permitiria ser uma espécie de cela ambulante que prende alguém a ela; minha vó não tem medo de ser sozinha.

— Eu entendo — Júlio diz, a voz limpa de qualquer julgamento, após um longo período em silêncio. — Dona Cecília é um espírito livre e deseja que todos experimentem essa mesma liberdade, especialmente você. Agora eu entendo.

Fico preso no olhar de Júlio, na intensidade das íris verdes provocando ondas de calor e tranquilidade pelo meu corpo, até o Garçom Cabeça de Siri retornar com nossos pratos. Respiro fundo, inalando o cheiro da comida quente. Meu estômago ronca. Do outro lado da mesa, Júlio pergunta ao garçom onde está a porção extra de camarões na manteiga com molho para acompanhar, e o rapaz some atrás das portas balançantes com a promessa de trazê-la logo.

— Agora me fala sobre essa coisa de ainda não terem te efetivado lá na empresa — pergunto em meio a garfadas de arroz branco com moqueca.

Júlio mastiga seu bobó de camarão, fazendo sinal para que eu o espere terminar de limpar os lábios com guardanapo de papel.

— Então... — Ele mexe as mãos no ar, engolindo o bolo de comida. — Meu chefe ainda não me respondeu se vai ou não me efetivar. Ele já está me enrolando há uns dois meses — ele diz, seco.

— Júlio, eu sinceramente não entendo o porquê de toda essa demora.

— Nem eu! — Ele baixa os talheres sobre o prato e apoia o queixo nas mãos cruzadas. — Desconfio que seja por causa dessa mudança toda da reforma trabalhista — diz ele, sopesando cada palavra, como se estivesse com medo de que alguém o ouvisse e o acusasse de conspiração. — É mais barato pra empresa me manter como estagiário do que me efetivar. Sem vínculo empregatício, sem encargos... pelo menos até resolverem essa palhaçada, e de um jeito que o trabalhador não perca mais de metade dos seus direitos. — Sua expressão se torna mais preocupada, a ruga entre as sobrancelhas mais profunda, os ombros tensos. — Eu trabalho com números, sei o quanto essa jogada política vai lascar a gente.

— Seu estágio já está terminando, não é?

— Uhum. Eles já renovaram meu contrato ano passado. Ou eles me efetivam, ou eu preciso procurar outro emprego.

Travo os dentes.

— Mas estou tentando ser mais Caetano — ele diz. Quando não respondo, ele arqueia a sobrancelha e completa, sorrindo: — Ser mais otimista.

Dou uma risada fraca. Júlio baixa a cabeça, a sombra de um sorriso brincando em seus lábios, e leva mais uma garfada de comida à boca.

— Efetivado, vou receber quase o triplo do meu salário atual, mais alguns benefícios — ele continua, mais relaxado agora. — Com esse dinheiro, posso trocar de carro ano que vem e me mudar no próximo. Tudo isso antes dos trinta. É basicamente a realização do meu planejamento de vida!

Encaro Júlio, o rosto apoiado na mão esquerda, um sorriso bobo que não consigo nem quero apagar, sentindo os olhos lacrimejarem. É tão bom vê-lo assim, animado, feliz, esperançoso sobre o futuro. Para completar, o Garçom Cabeça de Siri traz a porção extra de camarões e molho como prometido, deixando Júlio ainda mais contente.

Volto para o meu almoço me sentindo mais leve.

— Falando em dinheiro, passou da hora de a gente revisar os seus investimentos — Júlio comenta.

E assim, feito um balão de hélio que atinge a fiação elétrica, eu estouro.

— É mais divertido gastar com experiências de vida, tipo shows, viagens etc. — digo.

Júlio sacode a cabeça e estala a língua.

— A gente precisa fazer com que o dinheiro trabalhe em seu favor, Leãozinho, assim você terá mais tempo pra se dedicar aos seus desenhos.

— Minha mãe vai ficar bem feliz.

— Eu prefiro ver você feliz.

Aquela sensação de calor volta a invadir meu peito e me pego com um sorriso pequeno de olhos fechados. No fim do almoço, ao pedir para fechar a conta, puxo a carteira, mas Júlio me impede – o braço esticado na minha direção, a mão enrolada no meu punho, o cenho franzido –, argumentando que já paguei por todos os cinco pedágios, então ele pagará pelo almoço. Guardo a carteira de volta no bolso da bermuda e espero recostado no batente Júlio confirmar o pedido e efetuar o pagamento no balcão.

Do lado de fora, o sol, pendurado no céu azul-capri praticamente sem nuvens, não está mais tão forte, mas continua bastante quente. Júlio passa a mão pela minha cintura quando se aproxima e para ao meu lado.

— O locador já respondeu? — ele pergunta.

Meu estômago parece preso a um elástico durante os agonizantes dois segundos que levo para pescar o celular do bolso e a tela se iluminar. Nada.

— Talvez ele esteja ocupado — pondero, a hesitação deslizando garganta adentro, engasgando-a. — Ele ainda pode responder... — Deixo que a frase caia no silêncio, os ombros tensos.

Júlio sobe a mão da minha cintura até a nuca. De pé do lado de fora do restaurante, concentro toda minha atenção no ponto onde a pele de Júlio toca a minha, ao passo que mantenho os olhos focados no fim da rua, como se de lá pudesse aparecer um estranho com uma camiseta escrita "Eu sou Didi". O que surge do horizonte, carregando duas pranchas de surfe amarelas feito duas bananas gigantes debaixo dos braços, são dois rapazes gingando os corpos esguios e musculosos pela rua metidos em seus *long johns*. Eles passam conversando animadamente e deixam um rastro de gotas d'água. Aperto os olhos.

— Ei, Juba... — espero até ouvir o característico "hmm" gutural — e se a gente esperar pela resposta do locador em outro lugar?

Capítulo 6

A praia está apinhada de gente. Famílias com crianças que correm de um lado para outro ou constroem castelos de areia no trecho onde a areia é molhada ou choram por picolés quando o carrinho do sorvete passa; grupos de amigos jogando futebol e futevôlei; homens e mulheres deitados em esteiras tomando banho de sol – dá até para sentir o leve cheiro de pele tostada com bronzeador sob o inebriante odor de água salgada e protetor solar.

Por causa da maresia, o clima é mais gostoso do que na zona residencial. Deixamos nossos tênis no carro, estacionado não muito longe da sombra dos coqueiros sob os quais nos sentamos. Tivemos a sorte de, durante nossa busca por uma vaga, dar de cara com uma família deixando a praia, então não precisamos andar tanto – se virarmos o corpo, vemos o para-brisa do Fiat Uno de Júlio logo atrás.

Como não trouxemos toalhas, nos contentamos em olhar o mar de longe. Em algum momento, decidimos assistir a um filme no tablet – Júlio queria horror, eu queria animação, então acabamos assistindo a *Brinquedo assassino 2* –, o fone de ouvido dividido entre nós.

Aos poucos, Júlio escorrega até ficar meia cabeça mais baixo do que eu, o lado esquerdo do seu corpo pressionado ao meu, e encosta a cabeça no meu ombro. Durante a sequência de sustos, eu tremo e me esquivo da tela, fazendo Júlio rir quando xingo durante uma cena especialmente aterrorizante que sei que vai me assombrar durante a noite.

— Esse final é horrível — reclamo tão logo o filme acaba. — E não um horrível bom pra filmes de terror. Só puramente horrível.

Júlio, praticamente deitado no meu colo, assente.

— Esse tipo de final é muito comum, especialmente nesse subgênero — ele diz, preguiçoso.

— Que seja — comento, meus dedos deslizando pelo couro capilar de Júlio. — Esse final é péssimo e não vale os pesadelos que vou ter durante o resto da semana.

Uma menina passa correndo à frente, duas boias roxas presas ao braço. Ela gira a cabeça na nossa direção, dá um sorriso e retoma seu caminho.

— A gente pode ver alguma animação, se você quiser — Júlio sugere, a contragosto.

— A bateria está quase no fim, e o carregador portátil também não vai durar muito mais.

— Ah.

Sem o filme, os sons da praia preenchem meus ouvidos no instante em que Júlio e eu ficamos quietos. Dessa distância, consigo ver os pelinhos rebeldes da barba de Júlio crescendo além da linha desenhada, as sardas na ponta do nariz; a linha do cabelo suada. Seu peso na minha perna direita não incomoda; depois de semestres jogados no gramado da Praça do Relógio da faculdade, um acalentando o outro em meio às semanas de provas, desilusões amorosas ou reclamações com relação ao trabalho, adquirimos prática. Pode soar estranho, mas Júlio e eu encaixamos – em mais de uma maneira.

Minhas sobrancelhas se unem sem que eu perceba; reconheço a pontada no meio da testa e só então me dou conta da tensão nos músculos do rosto. Júlio me encara abertamente, os lábios em linha reta. Ele abre a boca, tenta dizer algo, mas volta a fechá-la. Repete o movimento mais duas vezes, bufando de repente ao fechar os olhos.

— Quê? — pergunto.

Júlio continua propositadamente calado, os lábios comprimidos.

— Que foi, Juba?

O toque duplo do meu celular notifica a chegada de uma mensagem. Na pressa de pegar o telefone do bolso, eu me remexo e a cabeça de Júlio escorrega até o lençol velho sobre o qual estamos sentados. Júlio resmunga, mas minha cabeça está longe. Olho para a tela do celular, ansioso.

— É o locador? — Júlio quer saber. De bruços, ele ergue a cabeça de modo a enxergar a tela do celular.

— Não — respondo, os olhos bem fechados para bloquear a mensagem de vista —, é a minha vó.

A mensagem diz: "camisinha" e contém vários emojis de piscadinha, língua, beringela, banana e um abacaxi.

Se Júlio entende o que a mensagem significa, ele não deixa transparecer.

Menos de um minuto depois, o telefone vibra na minha mão com outra mensagem da vó: "Devia ter mandado pro Júlio?", com mais emojis de piscadinhas e língua.

Deixo escapar uma gargalhada nervosa. Queria enfiar esse celular goela abaixo daquela velha. Estou tremendo, e bloquear o telefone e colocá-lo de volta no bolso se torna uma das coisas mais difíceis que já fiz na vida. Quando meu olhar recai sobre o de Júlio, ele me fita com as sobrancelhas arqueadas, um grande ponto de interrogação desenhado no rosto.

— Minha vó — eu digo, um tanto exasperado, ainda em meio a risos — tem essa ideia doida de que a gente tem, ou deveria ter, um caso. Ela lê romances demais.

Júlio sorri, mas é um sorriso fraco e vacila rápido demais. Meu coração acelera.

— E qual é o problema? — Ele empina o queixo, a cabeça levemente inclinada. — Não acha que daríamos certo?

— Ah, qual é, Juba. Somos melhores amigos — respondo depressa. — Nossa dinâmica é essa. Pode parecer que daríamos certo, mas será que daríamos mesmo? Tipo, a gente se ama e tudo mais, mas ter um relacionamento mais... Sabe, isso é, tipo... Não parece esquisito pra você?

Gesticulo tanto que acerto Júlio pelo menos duas vezes. Ele não se importa, embora agora esteja sentado, as mãos a postos caso eu me empolgue demais novamente.

— Mas isso não faz parte? — ele rebate, calmamente. — Pessoalmente, é o que eu acho que um relacionamento deve ser. Duas pessoas que se amam e se dão bem juntas. Não estou dizendo que a gente precisa ficar junto — ele emenda rapidamente, os olhos saltados —, só que... sei lá, você não gostaria que a pessoa do seu lado também fosse sua amiga?

— Eu... é.

Faz sentido. Seria muito bom não interagir com meu namorado só para falar de coisas do relacionamento, tipo se vamos nos ver no fim da semana ou o porquê de a gente não transar depois de ter comido um lanche com pimenta-jalapeño. E sei que Júlio não está necessariamente dizendo que tem sentimentos por mim ou que deveríamos estar num relacionamento – ele deixou isso bem nítido. Porém, ao mesmo tempo, ele não disse que não.

Meu Deus, e se a vó Cecília estiver certa?

— Olha, uma pipa com formato de tubarão!

Júlio segue meu dedo, encontrando a pipa que sobrevoa os coqueiros e se mistura a um bando de outras, clássicas e tão diferentes quanto, no céu pálido do fim de tarde. Em seguida, repousa os olhos sobre mim, meu rosto, e dá um suspiro cansado.

— Está ficando tarde — ele diz. — E você tá com as bochechas queimadas.

Toco com as pontas dos dedos a pele áspera e salpicada de areia.

— Mas eu passei protetor solar duas vezes!

— Você é branco demais. Devia reforçar a cada três horas.

— Era de se pensar que eu herdaria a mesma pele do meu pai, mas nãããão, eu precisava ser a cópia da minha mãe — resmungo. Júlio me dá uma cotovelada nas costas e sorri. Tiro o celular do bolso da bermuda e verifico os aplicativos de mensagem; uma da minha mãe pipoca na tela: um link que diz "Banco do Brasil abre vaga para concursos!". Bloqueio o telefone. — O locador ainda não me respondeu — falo baixinho.

Inclino meu corpo contra o de Júlio, me aconchegando na curva do seu pescoço e debaixo da sua axila quando ele envolve meu ombro com o braço.

— Talvez seja melhor voltarmos pra casa e tentar encontrar Didi por outros meios — ele diz, visivelmente desconfortável.

Sacudo a cabeça e me afasto de seu abraço.

— De jeito nenhum! Esse foi só o plano A. Vamos pensar em outra coisa. Já estamos aqui. Tem que ter um jeito — digo.

Júlio e eu debatemos sobre nossas chances. O que podemos fazer? Ir à prefeitura, talvez os correios, e pedir para olhar os registros de mudança de endereço? Sair pela antiga rua de Didi perguntando de porta em porta quem se lembra do rapaz da foto datada da década de 1960? Ir ao hospital local, nos passar por parentes distantes de um desconhecido e perguntar por informações sobre seu possível falecimento? Júlio não é o único a encontrar falhas nos nossos planos, até eu consigo ver que essas opções são perda de tempo a essa altura do campeonato — ou elas dependem de lugares que estão fechados, ou são impraticáveis ou imprudentes demais porque quebram alguma lei que eu desconheço e que Júlio faz questão de citar.

    Quase meia hora depois, com as mãos inertes abertas ao lado do corpo, fito a espuma branca das ondas escuras se derramando pela areia. Empertigando a coluna e forçando um sorriso sem dentes, suspiro:

    — Bom, pelo menos aproveitamos um dia na praia.

    — É... — Júlio concorda. Ele se inclina para a bolsa térmica, tirando de lá o saquinho com cubinhos de doce de leite. Joga um para dentro da boca, recostado no tronco de um coqueiro.

    Já acabamos com a água, então aviso Júlio que vou pegar uma água de coco. Ele diz que começará a arrumar as coisas para irmos embora e não consigo deixar de sentir uma pontinha de desânimo pelo fracasso em encontrar Didi.

    O vendedor da água de coco tem um sorriso aberto, os dentes da frente separados, e olhos gentis. Ele corta uma tampinha no topo do coco e me oferece um canudo de papel. Tiro a carteira do bolso para pagá-lo, mas estanco. Não vejo a foto de Didi.

    — Está tudo bem, menino? — ele pergunta, o sotaque mineiro leve. Há uma sombra de preocupação em seus olhos. Talvez ele pense que não tenho como pagar.

    — Uhum. — Entrego-lhe uma nota de dez reais e espero pelo troco. — Desculpa. Eu perdi... uma coisa importante.

    O homem faz um sinal com a cabeça, concordando.

    — O que é? Quer ajuda pra procurar?

    Não respondo, ocupado demais revirando cada reentrância da carteira para poder cogitar uma resposta.

    — Talvez você tenha derrubado sem querer — ele sugere. — Volta pelo mesmo caminho que veio que você acha. Mas vai rápido, antes que o vento sopre ou fique perdido debaixo da areia.

Faço o caminho de volta até debaixo dos coqueiros, onde Júlio me espera, olhando atentamente o chão, ziguezagueando pela areia caso o vento tenha tirado a foto do caminho.

— O que aconteceu? — Júlio me pergunta, alerta. — Você está com a maior cara de assustado.

— Eu perdi a foto da minha vó — digo, lágrimas se empoçando nos olhos, ameaçando cair.

Júlio pega o coco das minhas mãos e o coloca ao lado das nossas coisas, dobradas e bem arrumadas entre os troncos dos coqueiros, na areia. Ele se levanta, para de frente para mim e envolve meus ombros com suas mãos.

— Calma — ele diz. — Vamos procurar juntos.

Gesticulo com a cabeça um sim apressado. Nos separamos e traçamos um círculo pela praia, rondando os montinhos de areia em busca da fotografia. Imagens da minha avó, triste com sua caixa de recordações no colo, procurando o último vínculo imagético com seu passado, agora perdido em uma praia em Ubatuba, provocam pontadas no meu estômago, me fazendo querer vomitar. Não dá pra consertar isso. Ela nunca vai me perdoar.

Só percebo que estou parado, os pés fundos na areia, o olhar vidrado na porção de guarda-sóis coloridos posicionados pela praia, quando Júlio me segura pelos braços, me chacoalhando.

— Caetano, você precisa se acalmar — ele diz, o tom da voz suave. Balanço a cabeça, sem tirar os olhos de um guarda-sol estampado com o emblema de uma marca de cerveja. Júlio suspira. — Ok. Vamos pensar. A foto estava na sua carteira, né? Onde mais você mexeu nela?

— No restaurante — a resposta salta da minha boca, carregada de esperança. Meus olhos finalmente encontram os de Júlio, e sou incapaz de conter a ansiedade. — Eu ia pagar, então tirei a carteira. Só pode estar lá. Tem que estar lá.

Nos apressamos em levar as coisas de volta para o carro. Depois de estapear os shorts para tirar a areia das roupas na calçada, faço uma pequena e desajeitada prece para que a foto esteja em segurança. Não sou muito bom com a parte religiosa, mas estou desesperado o bastante para arriscar. Sinto o olhar resvalado de Júlio em mim, desconfiado.

— Deus não vai deixar de ajudar quem pedir, né? Ele não vai guardar rancor só porque não vou à missa — respondo, prendendo o cinto de segurança ao redor do corpo. Passo os dedos nervosos pelos cabelos e solto o ar pelo nariz.

Júlio não hesita em responder:

— Faça aquilo que te trouxer paz, Leãozinho. Vamos encontrar a foto. — Ele dá a partida no carro, e então estamos nos movendo.

Me derramo sobre o balcão do restaurante, derrubando um porta-cartões e um porta-canetas com o baque, totalmente esbaforido, ainda que só tenha corrido uns três metros. A jovem atendente no balcão abre um sorriso costumeiro, embora os olhos flutuem de mim para Júlio, assustados, enquanto digita alguma coisa no celular.

— Bem-vindos — ela diz, receosa. — Posso ajudar?

— É. Pode. — Mais uma vez, conto toda a história da minha vó e da foto para uma estranha naquele mesmo dia. Estou pegando a prática e confesso que gosto bastante das reações da jovem, cujos lábios brilhantes de gloss se partem em surpresa e os olhos se arregalam em expectativa; quando o telefone cai sobre sua parte do balcão e as unhas, de coral berrante, se agarram à madeira do móvel. — Então viemos pra cá — digo.

— Espera — ela diz, levantando as mãos na altura do rosto. — Eu não entendi. Você está tentando fazer esquema pra sua avó?

— Não, não exatamente um esquema. É tipo uma reunião. Uma reunião entre duas pessoas que se amam.

— É exatamente isso.

— Não é não — respondo. Bufo, exasperado. — Olha, eu tenho certeza de que quando minha vó e o Didi se virem, vão lembrar do sentimento que já tiveram um pelo outro e...

— E o quê? Ficar juntos? — ela rebate, as sobrancelhas unidas. Ela pega o celular do balcão e o aponta na minha direção. — Garoto, cê tirou essa ideia de um filme da Sessão da Tarde?

— O quê? Não! Meu... — Travo os dentes e olho rápido para Júlio, ao meu lado. Ele revira os olhos e dá de ombros, o que é muito, muito útil mesmo. Meus dedos estão tensos quando os enrolo nas mãos e respiro fundo para me acalmar. — Só... Vocês por acaso encontraram alguma foto velha caída no chão por aqui?

A jovem concorda devagar, e o longo cabelo preto amarrado em um rabo de cavalo balança às suas costas. Apesar do sinal positivo, sua expressão ainda guarda um misto de desconfiança e bom humor ao erguer dois dedos no alto e chamar um garçom.

O Garçom Cabeça de Siri vem até nós, desta vez sem a cabeça de siri. Ele tem um rosto angular, cheio de linhas e arestas, a pele morena do sol, e lindos olhos castanhos quadrados. O cabelo cacheado escuro está suado e gruda na testa. Quando nos reconhece, ele abre um sorrisinho maroto de quem compartilha um segredo.

— E aí, Agatha? — ele diz para a jovem ao balcão.

Agatha joga o rabo de cavalo sobre os ombros e pisca os olhos.

— Você por acaso lembra de ter encontrado uma foto velha caída no chão, Tulinho? — ela pergunta, toda melosa, e ele fica pensativo antes de se virar para voltar para a área dos funcionários.

— Eu podia ter perguntado sobre a foto logo de cara, né? — falo baixinho para Júlio tão logo percebo meu erro.

Júlio concorda, meio sério, meio rindo.

O rangido das portas bangue-bangue se abrindo chamam minha atenção. Lá está o garçom, duas cabeças mais alto do que a senhorinha que o acompanha até nós. Ela veste uma bata vermelha por debaixo do avental branco com marcas de gordura, uma rede no cabelo, e nenhuma maquiagem. Ela nos cumprimenta com olhos carinhosos e sorriso gentil.

— Oi — ela diz, um tanto rouca. — Então foram vocês que perderam essa foto, hein? — ela retira a fotografia dobrada do bolso da calça preta e a entrega para mim.

— Sim. Sim! Muito obrigado! — Pego a foto e passo os dedos firmes por ela, como que para limpá-la de qualquer dobra ou risco imaginário que meu descuido possa ter causado. — Nossa, muito obrigado mesmo. Eu... nunca me perdoaria se perdesse essa foto.

— Ah, sim — a senhora balança a cabeça, assentindo. — Eu estava me perguntando como é que dois rapazes fora de Ubatuba podem ter uma foto tão antiga do Dionísio e da Maria.

— O Dionísio é aquele homem que você disse que vinha bebaço toda quarta pedir feijoada de camarão? — Agatha confirma por sobre o ombro, os dedos voando sobre a tela do celular.

— Esse mesmo, fia — a senhora responde.

— Ah, tá — ela diz, a boca levemente curvada num sorriso, sem tirar os olhos do aparelho.

Minha cabeça dispara feito bolinha de pingue-pongue na direção das duas, os olhos arregalados.

— Espera um minuto — digo. Toco o ombro da senhora à minha frente, em parte para chamar sua atenção, em parte para me certificar de que ela é real. — Você... sabe quem são essas pessoas da foto? Você as conhece?

A senhora me encara com curiosidade.

— Você não?

— Só sei que ele se chama Didi — respondo simplesmente.

— Certo. E essa menina do meio por acaso também não é de Ubatuba, né? — Faço que não com a cabeça. — Era a cara do Dionísio fazer isso. Ele vivia atraindo as menininhas da cidade grande nas férias. Era um rolo atrás do outro. Aquele cafajeste não valia a cabeça de um camarão — ela completa, sorrindo saudosamente.

— Nós fomos ao antigo endereço dele — Júlio toma a dianteira, e a senhora vira o rosto para fitá-lo —, mas não o encontramos.

— Os pais dos meninos venderam aquele terreno faz é muitos anos! Aquela casa não tem mais nenhuma relação com a família deles não.

— Me desculpa — interrompo, voltando a tocá-la no ombro —, mas eu ainda não sei seu nome.

— Ô, meu Deus. Esqueci de falar. Pode me chamar de Nice. Sou a dona do lugar. — Dona Nice estende a mão para mim e, quando eu a pego, me puxa para um abraço e dois beijinhos na bochecha. Faz o mesmo com Júlio, que estava preparado. Ela dá um passo para trás e olha ao redor, o restaurante praticamente vazio não fosse por uma mesa ao canto, onde uma família almoça em silêncio. — Lembro que o pai deles construiu uma pousada não muito longe daqui, numa parte bonita da cidade, reservada. A gente perdeu contato depois de velho, mas sei que a pousada ainda está de pé. De vez em quando, alguns turistas que estão hospedados lá dão as caras por aqui.

— A senhora pode me passar o endereço? — peço de pronto.

Cada batida do meu coração reverbera pelo corpo, no peito, nos ouvidos, atrás dos joelhos. Sinto até a respiração acelerada. É isso. Conseguimos. Uma direção até Didi.

Tento me concentrar nas direções que a dona Nice nos passa, mas estou ansioso demais para conseguir prestar atenção. Uma súbita onda de pânico me invade até perceber que Júlio está acompanhando as instruções da senhora.

— Ei, toma aqui — diz impaciente a jovem do balcão, Agatha, cortando o fluxo de explicação da dona Nice. Ela segura um pedaço de papel rasgado, onde há um endereço rabiscado em caligrafia redonda e um nome: "Pousada Miramar". — Vó, as pessoas têm GPS hoje em dia. Não precisa de tudo isso.

Júlio pede pelo papel e agradece a garota, pronto para ir embora.

— Dona Nice? — Ela levanta os olhos piscantes para mim. — A senhora conhece algum caminho mais fácil até a pousada?

Dona Nice se ilumina e repete as direções. Desta vez, presto mais atenção. Tento criar uma musiquinha com o tanto de "direita" e "esquerda" que ela diz, de modo a não esquecer suas recomendações. Assim que termina de dar as direções, eu a puxo para um abraço.

— Obrigado — sussurro.

Ela me abraça de volta e dá dois tapinhas nas minhas costas.

— Boa sorte, rapaz.

Encontro Júlio dentro do carro, cinto de segurança preso, o motor ronronando.

— O plano ainda pode dar certo! — exclamo, animado, encontrando dificuldade para não pular no banco do passageiro.

— Olha, preciso admitir que nossas chances parecem muito melhores agora — Júlio confessa, coçando a barba cheia, abandonando a descrença que o acompanha desde Santo André. Ele digita o endereço da pousada no GPS do celular, virando-se para mim quando a voz nos manda virar à esquerda em trezentos metros. — Tudo pronto?

— Só um minutinho... — Puxo o celular de Júlio do suporte, sob protestos, e abro o Spotify. Os primeiros acordes de guitarra de "One Way Or Another (Teenage Kick)", do One Direction, soam pelos alto-falantes do carro. Júlio revira os olhos, mas ri. — AGORA SIM!

Júlio tem a bondade de deixar o volume do rádio sobrepujar a voz da nossa guia – ele divide sua atenção entre as ruas e a tela do celular. Eu, por outro lado, tiro a fotografia levemente amassada do bolso, alisando-a entre os dedos, e ignoro a paisagem do lado de fora para memorizar cada traço de Didi, com seu nariz de ponta redonda e narinas grossas, sua irmã Maria e a pose imponente, porém bem-humorada, e minha vó com o sorrisinho matreiro de sempre. Meu estômago borbulha de excitação e temo explodir igual a um refrigerante sacudido por muito tempo. É possível que, a essa hora amanhã, minha vó e Didi estejam reunidos. Ela não vai precisar ir para um asilo; vai se apaixonar de novo e viver a velhice feliz e livre, do jeitinho que merece. Ela ainda tem uma chance.

Capítulo 7

— Nós estamos no caminho certo?
— Eu tô seguindo o GPS.
— Eu não acho que estamos no caminho certo.
— Bom, a gente vai descobrir quando chegar lá.
— Aonde que a gente vai chegar se a gente tá perdido?
Júlio bufa.
— Será que dá pra você confiar em mim?
— É óbvio que eu confio em você — respondo placidamente. — Mas ainda acho que estamos perdidos.
O mundo à nossa frente tem a pior paleta de cores do mundo: azul-escuro, preto e o amarelo dos faróis do carro de Júlio - cores que você só encontra em filme de terror ou série jovem-adulto de vampiro do finzinho dos anos 2000. O carro sacode, os pneus mutilando a estrada de terra batida cheia de buracos e quebrando galhos de árvores com estalos altos. O rosto de Júlio está iluminado pelo azul do painel do carro. Estou tentando não pensar em tudo de ruim que pode acontecer a essa altura da jornada - o pneu furar, ficarmos perdidos no meio do mato, à noite, sem auxílio, com um possível psicopata à solta munido de uma peixeira afiada -, mas falho tão depressa que tudo o que me resta é implorar para ser absolvido dos meus pecados. Júlio, por

sua vez, não ajuda em nada os meus temores ao murmurar consigo mesmo:

— Escureceu rápido demais... Tomara que a gente não pegue chuva.

Adicionando, assim, raios, trovões, ventania e uma cortina de chuva gelada à minha visão do horror. Pisco os olhos depressa. Olho para Júlio, ajeitando-se no banco do motorista. Ele estala os ossos do pescoço e os nós dos dedos. Está tão tenso.

— Ei, Juba? — eu o chamo. Júlio solta um "hmm". — Obrigado por ter embarcado nessa comigo.

Queria poder tocá-lo, sentir o emaranhado de pelos no joelho ossudo, uma demonstração física da minha gratidão, mas guardo para mim.

— Estamos juntos, Leãozinho — ele diz, sem olhar para o lado.

Me aconchego no banco do passageiro, o corpo todo tremendo enquanto os pneus percorrem o caminho esburacado.

— Como será que está Didi depois de tantos anos? — me pergunto em voz alta. Busco na mente a fotografia do rapaz alto e de peitoral aberto, uso a imaginação para envelhecê-lo. — Talvez tenha ficado careca, os olhos fundos, com aquelas manchinhas escuras entre as bolsas debaixo dos olhos e as bochechas. Aposto que conserva o charme da juventude, tipo aquele sorriso esperto.

— Chances são de que o sorriso seja uma dentadura — Júlio diz, o canto dos lábios anunciando um sorriso. — Deve ter ganhado mais corpo. A maioria dos homens ganha massa muscular na fase adulta.

— Tá querendo dizer que ele engordou?

— Você sabe que, se eu quisesse dizer isso, teria dito.

— Pois eu acho que engordou. Com certeza.

Júlio ri.

— Se não engordou ainda, quando começar a comer a comida da sua avó, ele vai.

Fecho os olhos e deixo a fantasia correr solta. Didi e minha vó, juntos no casarão, ela ocupada com as panelas enquanto ele limpa a casa. Minha vó corre até sua hortinha para pegar algum tempero, Didi se apressa em roubar uma colherada do seu mexidão de arroz, o preferido do vô Berto. Ela o pega no flagra e joga os chinelos em cima dele. Ele joga de volta, começando uma guerra de chinelos, e a vó quase, quase queima o mexido porque estava se divertindo demais.

Ao meu lado, Júlio pigarreia.

— Caetano, você sabe que eu estava um tanto... cético quanto a essa incursão. Estava torcendo para que tudo desse certo, obviamente, mas não imaginava que a gente chegaria tão longe. Que essa história intensa de amor de verão de mais de cinquenta anos atrás... Enfim, eu só queria dizer que...

— Não precisa dizer nada — interrompo.

Júlio sacode a cabeça.

— Eu preciso — ele insiste. — Porque, mesmo a gente tendo chegado até aqui... ainda não acabou. Não encontramos Didi em pessoa — ele frisa, no instante em que abro a boca para interpelar — ainda. Não quero que se chateie caso as coisas não saiam como o esperado. E não quero ser o cara chato que vive jogando um balde de água fria nos seus planos, só quero que você esteja preparado. Aconteça o que acontecer.

— Eu... estou — digo, sem tanta certeza.

— Bom — Júlio diz. Com a expressão impassível e a voz gentil, completa: — Não quero que se decepcione com algo sobre o qual não tem controle.

O monólogo de Júlio ecoa dentro da minha cabeça; por mais que eu tente ignorá-lo ou expulsá-lo, algo no que ele disse me faz ponderar como vou reagir ao fim dessa história toda. No entanto, tenho pouco tempo para refletir, pois Júlio chama meu nome, apontando com o queixo as luzes cruzando as árvores e o topo de uma construção cada vez mais próxima.

Uma última curva revela a pousada, um casarão clássico de litoral, a construção em estilo português com diversas portas e janelas altas, tinta branca e azul, e muita madeira envernizada entre palmeiras altas. Logo atrás, o rugido violento do mar, praticamente invisível em meio à escuridão do anoitecer.

Estacionamos em paralelo à lateral da pousada, ao lado de dois carros grandes e de aparência cara. Saltamos do carro e sou assaltado pelo cheiro forte da maresia e pelo vento durante a corrida rápida até o saguão da pousada.

O interior é tão grandioso quanto o exterior. Viro o pescoço de um lado para o outro, totalmente admirado, absorvendo a beleza da pousada Miramar. Também por dentro, nota-se a influência europeia na decoração – presas às janelas, que ocupam quase toda a parede, cortinas brancas finas dançam ao vento; móveis bem entalhados em madeira maciça e bem cuidada – e a modernidade tecnológica, com as TVs gigantescas de tela plana e luzes elaboradas presas ao teto.

— Meu Deus, deve ser incrível passar uma temporada nesse lugar — deixo escapar junto com meu fôlego.

— E extremamente caro — Júlio complementa aos sussurros. — Você viu os carros que estão parados lá na frente? Que tipo de gente paga por um Jeep e uma BMW daquelas?

— Boa noite! — diz alguém, tão de supetão que eu me assusto e dou um salto na direção de Júlio, que me envolve em um abraço, disfarçando o riso. — Me desculpa pelo susto, e pela demora. Precisei fazer uma pausa rápida.

Me viro para fitar a voz e, parado atrás do balcão, encontro um jovem negro, a cabeça raspada, olhos e sorriso brilhantes familiares, vestindo uma camisa preta de manga curta com botões em azul e dourado. Júlio e eu nos aproximamos, eu esparramando os cotovelos sobre o balcão de madeira polida ao passo que Júlio apenas se apoia nos próprios pés.

— Meu nome é Wesley, mas podem me chamar de Wes. — O recepcionista sorri para nós dois antes de baixar o olhar para o computador. — O que posso fazer pelo casal hoje?

— Ah...

— Não, não. Não somos um casal.

— Não, somos... amigos.

— É, amigos. Melhores amigos.

— O que ele disse.

Júlio e eu falamos ao mesmo tempo, nos atropelando a cada frase, até não sabermos quem disse o quê.

— Quarto com camas separadas, então? — Wes, o recepcionista, fala devagar, os olhos passeando entre Júlio e eu como quem estuda uma obra de arte uma segunda vez, com calma, buscando entender todas as nuances das pinceladas e disposição dos objetos para confirmar suas suspeitas iniciais.

— Nós viemos procurar alguém, na verdade — digo. Troco um olhar rápido com Júlio e decido ir direto ao ponto. — Você conhece os donos da propriedade?

— Ah. — Ele tira as mãos do teclado e seu sorriso vacila, mas continua ali. — Só um dos donos mora aqui. Se não for muita intromissão, posso saber sobre o que se trata?

— É... pessoal. Olha, eu preciso muito falar com qualquer um dos donos. É importante.

— Desculpa — Wes diz, o tom gentil e profissional. — É contra o regulamento. Se puderem me adiantar o assunto, posso entrar em contato com minha chefe e agendar um atendimento...

— Por favor — imploro, as mãos unidas em sinal de súplica, o rosto contraído. — Por favor, eu sei que não é muito costumeiro, mas eu vim de muito longe...

Wes se limita a dar um sorriso de desculpas, a cabeça sacudindo em negativa.

— É praticamente um caso de vida ou morte — insisto. Ignoro o olhar cruzado que Júlio tenta me roubar; não cheguei até aqui para ser barrado por burocracias. — É sobre o Didi. Dionísio. Um dos donos. É muito importante mesmo.

Wes assente, hesitante, sem quebrar o contato visual.

— Um minuto — ele diz, por fim, e disca um número no telefone.

Sinto o peso reconfortante da mão de Júlio na base das minhas costas. Encontro seu olhar e respiro fundo. Ele balança a cabeça três vezes e eu fecho os olhos, grato por tê-lo ali comigo.

Wes coloca o telefone no gancho.

— Ela já está vindo — ele diz. O sorriso gentil, embora treinado, de Wes retorna. — Vocês aceitam alguma bebida? Café, suco, água?

— Café — Júlio diz —, sem açúcar.

— Suco, com açúcar — falo.

Com um aceno de cabeça, Wes se retira por um corredor longo repleto de quadros por toda sua extensão. Júlio está olhando ao redor, ainda maravilhado com a estrutura e beleza da pousada. Eu o encaro e percebo que tem um fiapo branco em sua barba, logo abaixo do queixo. Estico os dedos para senti-lo, e é exatamente neste momento que Júlio abaixa o rosto, encontrando meu olhar. Meus dedos se enrolam em sua barba, roçam no osso de sua mandíbula. Engulo em seco enquanto meu peito sobe e desce, a respiração fica curta, à medida que a boca de Júlio se aproxima da minha. Tudo o que ouço é o retumbar do sangue nos ouvidos, o ribombo das ondas na praia lá embaixo e, de repente, as pancadas de salto alto no assoalho.

— Wes, me traz um bule de café sem açúcar, por favor — uma voz grave ecoa pelo corredor.

No fim do corredor, surge uma mulher negra em calças pretas de tecido mole e blusa azul-clara de mangas compridas. Ela é pouco mais baixa do que eu, talvez um metro e setenta e sete, e muito magra. O cabelo black power curto está salpicado de fios brancos que reluzem ao brilho das lâmpadas quando passa por elas. A mulher se aproxima de nós, os lábios franzidos num pequeno sorriso formal.

— Boa noite. — Ela mantém as duas mãos próximo ao colo, os dedos entrelaçados. — Soube que queriam falar com a proprietária?

— Sim! — digo, e estendo a mão para ela, me desenlaçando de Júlio no processo. — Eu sou o Caetano.

— Maria Diana — ela responde, apertando minha mão no ato, os olhos semicerrados como se enxergasse algo no meu rosto, mas não conseguisse nomear. Ela se vira para Júlio. — E você?

— Júlio.

Os dois apertam as mãos de maneira profissional.

— Bem, estou aqui. Sobre o que vocês gostariam de conversar? Talvez devêssemos ir até o meu escritório...

— Não precisa, de verdade. — Olho para a mulher à minha frente, reconhecendo os traços de seu rosto. Estou sorrindo antes que me dê conta. — É você nesta foto, não é? — Entrego a foto da minha vó para Maria, que a pega com cuidado. — E o homem aqui, desse lado, é o seu irmão, né? Encontramos uma mulher, a dona Nice, dona de um restaurante lá no centro, que me disse que vocês eram irmãos e que tinham essa pousada, então pegamos seu endereço com ela.

Dona Maria avalia a foto, a expressão inabalável. Gira nos calcanhares, alcançando o telefone atrás do balcão da recepção da pousada.

— Wes? Pode levar as bebidas pra sala de estar quando estiverem prontas? Obrigada.

A dona da pousada retorna até nós, o braço esquerdo esticado na direção da sala de estar, com a televisão gigante e os sofás de couro, a mão direita nos conduzindo adiante. Após nos sentarmos, Maria no sofá de dois lugares, próximo a mim, ela me dirige um sorriso mais caloroso.

— Agora sei de onde conheço esse seu sorriso — ela diz, as bordas da fotografia encaracolando em sua mão. — É igualzinho ao da Ciça quando eu a conheci.

Ela se lembra!, é tudo o que penso, num arroubo de felicidade.

— Eu ainda lembro do dia em que tiramos essa foto — ela continua, mas seus olhos há muito deixaram meu rosto, perdidos no rio de suas memórias. — Bem na hora que sua mãe decidiu tirar a foto, ela teve essa ideia ridícula de saltar das pedras na praia. — Dona Maria sacode a cabeça, sorrindo. — Eu cresci aqui em Ubatuba, estava acostumada às ondas, mas aquela menina da cidade, arrogante e inconsequente, ia morrer afogada. Não só ela ficou bem como chegou à praia antes de todo mundo.

Isso soa como algo que a minha avó faria.

— Desculpa atrapalhar — Júlio interpela, atraindo a atenção da dona Maria —, mas... o homem? Seu irmão?

— Dionísio... é.

Maria me flagra abrindo um sorriso e põe as mãos no colo, assumindo uma postura quase régia.

— Minha mãe adorava as histórias da mitologia grega e colocou esses nomes na gente, Dionísio e Diana. Meu pai queria homenagear a minha falecida avó quando nasci, então virei Maria Diana. Minha mãe ignorou meu primeiro nome a vida inteira, mas todo mundo sempre me chamou de Maria.

— O que aconteceu com o Dionísio? — Júlio insiste.

— Sim! Queria muito mesmo poder falar com ele. Ele está por aqui?

Desta vez, a mesma expressão austera de quando nos apresentamos retorna ao rosto da dona Maria. Seus olhos recaem sobre a foto no colo, o peito subindo e descendo devagar.

— Meu irmão morreu há uns dez anos. Ele tinha um problema com bebidas... Ah, obrigada, Wes. — Wes retornara com um copo de suco, um bule de cerâmica e duas xícaras. Serve as bebidas, os olhos congelando ao olhar a foto no colo da dona Maria. A mulher lhe dá um sorriso triste. Wes pigarreia e se retira, mas não volta para a recepção. — Me desculpe a intromissão do Wes. Ele ainda sente falta do pai. Não temos muitas fotos de quando éramos mais novos; nossa família não tinha dinheiro para essa tecnologia na época, então é raro para ele ver o pai tão jovem e... saudável.

Balanço a cabeça, incapaz de dizer uma só palavra.

Encaro o copo de suco de laranja à frente, observando a espuma esbranquiçada diminuir até que só haja algumas bolhas coladas à borda do vidro. Minha cabeça dói, porém, de algum modo, consigo manter o sorriso. Trovões ribombam no céu do lado de fora, distantes, enquanto rajadas de vento sopram violentamente as cortinas brancas da pousada.

Júlio e dona Maria continuam conversando. Ela pede para que a chame de Ana, Maria a faz se sentir muito velha agora. Ele cautelosamente pede por detalhes da morte de Dionísio. Cirrose. Atropelamento. Um acidente. Falência múltipla dos órgãos. Não foi possível achar um fígado a tempo. Também não achamos um doador para o vô Berto, mas ele não tinha nenhum vício além do charuto anual. Uma vez por ano. Ele brincava que era a matracada dos filhos que pararia seu coração um dia; ninguém esperava que fosse voltando do supermercado com sacolas nas mãos.

Queria não ouvir nem lembrar de mais nada.

Uma cortina de chuva, carregada pelo vento, assola a pousada. Júlio, Ana e Wes se apressam em fechar as portas e janelas. Quando por fim consigo me levantar do sofá, eles já tinham tudo sob controle.

Ana pede a Wes que cuide das áreas abertas da pousada, que peça ajuda a outros se precisar. Ele dispara pelo corredor cheio de quadros. Dona Ana circula pelo hall de entrada e pela sala de estar, certificando-se de que todas as portas e janelas estão devidamente fechadas. Júlio retorna ao meu lado, a expressão indecifrável.

— Você estava certo — murmuro, desanimado.

O peso do olhar de Júlio é quase demais para mim, e meus joelhos tremem. *Queria não estar*, seus olhos dizem. Quando seus braços me envolvem, esguios, firmes, me apertando como quem segura os pedaços de um objeto para que ele não se desmantele, sem dizer uma palavra, eu encosto a testa em seu ombro e tento recuperar o fôlego enquanto luto com as lágrimas.

As vozes de dona Ana e Wes, conversando aos sussurros atrás do balcão, são sobrepujadas por batidas fortes e incessantes na porta da pousada. Wes cruza a pequena distância, abrindo com cuidado a porta pesada. Um grupo de seis, completamente encharcados, segurando malas e mochilas, enche o saguão principal, deixando um rastro enlameado de água no chão.

— É *óbvio* que a gente traria a chuva da cidade pra praia! — reclama um deles, um homem alto de cabelo preto lustroso.

— Cara, ninguém tem culpa de a chuva acontecer, não! — uma mulher gorda e baixinha responde.

— A gente trouxe o Paulo — ele rebate, dividindo o grupo entre aqueles que concordam que Paulo é mau agouro e aqueles, entre os quais provavelmente Paulo, que estão cansados do mesmo papinho de sempre.

Wes e dona Ana se aproximam do grupo. Wes se oferece para ajudá-los com as malas, ao passo que dona Ana é incapaz de ignorar as barras das calças e pernas sujas de lama até os joelhos de alguns integrantes do grupo.

— O que aconteceu? — ela pergunta ao grupo após se apresentar.

— Nosso carro atolou no caminho — a mesma mulher baixinha fala. Ela tem traços suaves na pele negra, o cabelo azul com um side cut. Sua camiseta regata preta está colada ao corpo, e ela gesticula tanto que mais parece que está exorcizando sua frustração. — Tentamos empurrar, mas estava fundo demais, e a chuva só piorava. Tivemos que vir andando.

Júlio, que até então acompanhava a conversa em silêncio, como eu, afrouxa nosso abraço apenas o bastante para se posicionar de frente para o grupo e limpa a garganta com um pigarro.

— Desculpa entrar assim na conversa — ele diz —, mas vocês deixaram mesmo o carro no meio do caminho?

— Não tinha como a gente tirar de lá — uma outra mulher, de cabelo curto e pele branca, responde, se explicando.

— Sinto muito pelo carro de vocês — diz dona Ana, as mãos abertas para a mulher do cabelo azul. — Já pedi mil vezes à prefeitura que me deixasse colocar um caminho de pedras, mas eles estão resistentes. — A mulher anui, não aparentando estar nem um pouco menos chateada do que antes. Dona Ana, então, aponta para o balcão, onde Wes digita algo no computador. — O Wesley vai levá-los até seus quartos. Amanhã cedinho pedirei a alguns funcionários que tragam o carro de vocês até a pousada.

Após verificar a reserva, Wes leva o grupo escada acima, tagarelando sobre o jantar e a banheira de hidromassagem. Enquanto a chuva castiga a construção - gotas de água golpeiam as vidraças e o vento assobia por entre as frestas, fazendo a madeira da pousada estalar -, um silêncio constrangedor recai sobre o saguão assim que o grupo desaparece.

— Vocês não vão conseguir voltar para casa hoje — dona Ana constata, quebrando o silêncio. Ela respira fundo, se vira para nós, os olhos cravados em mim. — O que vocês pretendiam com essa visita?

Então eu lhe conto toda a história, sem esconder detalhe algum. Ouço a derrota em minha própria voz, eu a sinto nos ombros e na lombar, doloridos pelas horas de viagem.

— Mas agora que sei que o Didi está morto... — Dou de ombros. — Sei lá, agora penso que essa viagem toda foi uma perda de tempo.

Dona Ana ouve. Por fim, suga os dentes e esfrega os dedos entre si.

— Tenho pensado em Cecília há algum tempo, em como ela deve estar depois de tantos anos... — ela revela, o queixo erguido, os olhos distantes. Ela agora coça a palma esquerda. — Éramos tão próximas em todos aqueles verões. — Eu a olho de esguelha, e dona Ana me pega no flagra. A dona da pousada dá de ombros e volta a encarar as paredes. — Não é justo vocês perderem a viagem. Eu gostaria de rever a minha amiga, se vocês não se importarem. Podemos sair amanhã cedo. Hoje, vocês passam a noite aqui.

Júlio e eu nos fitamos.

— E quanto custa o pernoite? — Júlio pergunta, sem graça.

— Ah, não. Se eu tivesse um quarto, diria — ela responde.

Franzo o cenho.

— Hã... Dona Ana?

— Estamos lotados pro ano-novo. Aquele grupo que acabou de chegar era o último. — Ela continua nos olhando, nos estudando, até perceber nossa confusão. — Eu tenho um quarto pra vocês, mas não precisam pagar por ele. Um dos meus funcionários está de licença médica e o quarto dele está disponível, se quiserem.

Após uma troca de olhares, Júlio e eu assentimos.

Capítulo 8

Pequeno.

Essa é a primeira palavra que me vem à mente quando dona Ana abre a porta de madeira do quarto, revelando as paredes brancas, sem quadros ou fotos emolduradas, e um mar de tapeçaria azul-escura.

Apesar do tamanho e da nudez das paredes, é um lugarzinho aconchegante. Encostada na parede da porta, há uma cama de solteiro, pouco maior do que a tradicional que tenho na casa dos meus pais. Uma penteadeira está limpa ao lado de um armário pequeno, ambos no mesmo tom de madeira marrom-profundo que o restante dos móveis da pousada, na parede oposta. À esquerda, uma janela larga e alta, com folhas duplas, onde a chuva bate sem piedade; já à direita, uma porta simples, onde dona Ana indica ser o banheiro com ducha.

— É simples — ela diz —, foi criado para ser mais um dormitório onde uma pessoa pode descansar em privado depois de um dia de trabalho do que um quarto pra férias numa pousada. — Ela rodopia com graça no centro do quarto, o canto dos olhos levemente enrugados. Dona Ana aponta para o armário. — Aqui vocês vão encontrar toalhas e roupa de cama. Talvez... vocês possam pôr as mochilas em algum lugar para secar antes de guardarem no armário?

Seu olhar recai sobre nós antes de parar nas mochilas, enroladas nos dedos, um pouco úmidas. Júlio e eu saíramos na chuva para pegar as bolsas após aceitarmos a oferta da dona Ana. Wes, que àquela altura já estava de volta, nos emprestou dois guarda-chuvas grandes, que não serviram de muita coisa uma vez que o vento soprado do mar era tão forte que quase nos fez perder os guarda-chuvas pelo menos duas vezes no caminho. O resultado foi voltarmos ensopados para o saguão principal.

Assinto com a cabeça.

— Bom, vou deixar vocês descarregarem e descansarem — dona Ana diz, a voz suave, enquanto se dirige até o batente da porta. — Venham jantar. Aposto que vocês estão com fome depois de um dia de viagem.

Eu estou com muita fome, e meu estômago esteve roncando durante todo o percurso até a pousada – minha ansiedade, por outro lado, não me permitira pensar muito a respeito.

— Podemos pagar pelo jantar, já que você nos cedeu o quarto? — pergunto.

— Uhum — ela responde distraidamente. — Encontro vocês lá. Podemos conversar um pouco mais, se quiserem.

— Eu adoraria.

Dona Ana lança um sorriso... não triste, mas... não sei.

Ela sai do quarto fechando a porta, o trinco engatando no fecho. Estou parado no centro do tapete azul ao lado de Júlio, encarando o nada, então me mexo para colocar a mochila no chão atrás da porta e tiro de lá a muda de roupa que trouxe por precaução – no fim das contas, nós estamos na praia, e certo alguém sempre insistia que eu estivesse pronto para qualquer emergência que pudesse aparecer durante uma viagem. Me dou conta de que Júlio está fitando a cama com interesse. Ele com certeza está exausto de tanto dirigir, se as dezenas de ossos estalados ao longo do trajeto significam algo.

— Você devia tomar banho primeiro — digo. Júlio concorda com um grunhido, mas não se mexe. Viro a cabeça para encará-lo e encontro seus olhos cansados sobre mim, o cenho franzido.

— E você vai ficar molhado de chuva esse tempo todo? — ele rebate, preocupado.

— Eu vou ficar bem, mãe — retruco, ironicamente revirando os olhos, e dou um sorriso. Abro o armário, pego uma toalha branca felpuda com cheiro de sabão em pó e a jogo no peito de Júlio. — Você dirigiu por horas e quase dormiu lá na praia. Um banho quente vai te ajudar a relaxar. Anda, chispa daqui.

Júlio sorri, cansado, e se encaminha para o banheiro.

O som da ducha se mistura ao da chuva. Encontro um banquinho escondido debaixo da penteadeira e o puxo para me sentar. Da mochila, pego o iPad, o carregador portátil e os vários carregadores. Caço tomadas e encontro uma embaixo da penteadeira, uma próxima à parede do banheiro e outra ao lado da cama. Vitória.

Tão logo o iPad liga, me debruço sobre os rascunhos da viagem para trabalhar neles com mais detalhes - o movimento do carro não ajuda na hora de desenhar as curvas mais sutis do nariz ou do olho de um personagem. Me perco na galáxia de Taraxacum, só voltando à realidade ao sentir o toque da mão de Júlio no meu ombro.

— Sua vez — ele diz, segurando uma toalha na mão livre.

Júlio de toalha não é novidade pra mim. O peitoral estreito, liso, com alguns pelos em volta dos mamilos pequenos e amarronzados. A barriga mais circular, a pochetinha de tanto beber cerveja sentado no sofá enquanto assiste a filmes de terror ou estuda para alguma prova; a faixa da toalha bem presa ao redor da cintura, marcando as curvas da virilha. A pele branca, sem nenhuma estria, diferente da minha. Os ombros, o pescoço nu, por onde gotas de água escorrem e secam, vindas da barba cheia. Júlio cheira a sabonete de hotel e xampu de aveia. E, apesar de nada disso ser novo, me sinto um pouco... zonzo, quase como se tivesse bebido. Embriagado da imensidão do que Júlio, de repente, se tornou.

Ponho o trabalho na penteadeira e pego a toalha. Quando estou a ponto de ligar o chuveiro, percebo que deixei a muda de roupa ao lado do iPad. Deixo a água da ducha cair, o calor do vapor preenchendo os pulmões e esquentando meu rosto levemente queimado de sol, e volto para o quarto. Assim que abro a porta, porém, dou de cara com Júlio de costas para mim, a toalha aos seus pés, e sua bunda redonda pelada. Ele vira o rosto para mim, uma espécie de choque e curiosidade perpassam seu rosto, e ele puxa a cueca boxer dos joelhos.

— Esqueceu alguma coisa? — ele pergunta, neutro, embora eu veja sua garganta engolir em seco.

— Minhas roupas — aponto para o montinho sobre a penteadeira, atrás dele.

Júlio meneia a cabeça, e penso que ele vai voltar a fazer seja lá o que estava fazendo, mas não. Seus olhos me acompanham quando pego a muda de roupa, quando caminho os dois passos de volta para a névoa do chuveiro, quando fecho a porta atrás de mim, e quase posso sentir seu olhar nas minhas costas coladas à porta enquanto sinto meu coração na garganta. Por mais bobo que possa ser, penso na minha vó ao fechar os olhos, aquele sorriso zombeteiro que diz as duas palavras que deixam qualquer um fulo da vida: eu avisei.

O restaurante da pousada emana calor e um cheiro delicioso de pimentões que dá para sentir do corredor. Ao chegarmos lá, damos de cara com um salão espaçoso, com dois níveis, pontilhados de mesas redondas cobertas por pano quadriculado em azul e branco. Há uma mesa de bufê self-service fumegando em uma ilha entre uma mesa de saladas e outra de sobremesas e máquinas de suco. Do outro lado, em um canto entre o primeiro nível e os degraus para o segundo, dona Ana se senta sozinha, uma janela imensa atrás de si piscando a cada raio que cruza o céu tempestuoso.

— Sobre o que você acha que a dona Ana quer conversar? — cochicho para Júlio enquanto tomamos a fila do bufê.

Ele pega um prato e equilibra os talheres nos dedos.

— Não faço ideia — ele sussurra de volta. — Talvez só queira saber um pouco mais da sua avó. Parece que eram amigas.

— É — digo, me perdendo em meus próprios pensamentos por alguns instantes. Me viro para Júlio, esbarrando em seu braço enquanto ele alcança o pegador de comida. — Mas isso não é estranho? Tipo, por que não tem nenhuma referência a ela nas cartas do Didi?

Júlio me olha por cima do ombro.

— Você tá falando sério?

— Ok, eu sei que as cartas eram sobre eles — respondo num fôlego.

— Então o que foi?

— Por que a vó Cecília guardou tantos segredos? — pergunto exasperado, atraindo o olhar da mulher atrás de nós na fila. Dou um sorriso amarelo para ela e abaixo a cabeça para o bufê, estudando o frango ao molho e o frango assado. — Por que ela simplesmente não contou sobre o Didi? E sobre a dona Ana?

— Você podia — Júlio diz — simplesmente ligar e perguntar.

— Aham, vou ligar sim — zombo. — Aproveito e passo o telefone para ela e a dona Ana baterem um papinho.

— O que foi que deu em você, hein? — Júlio agora me encara, os olhos cerrados e o cenho franzido. — Desde que saiu do banho, você tá com umas ideias meio... — Ele sacode a cabeça e eu travo os dentes, sentindo o coração bater tão forte que posso ouvi-lo pulsar no ouvido. Então Júlio me lança um olhar que, a princípio, parece duro, mas basta um segundo para enxergar a profundidade e as sombras por trás dos olhos verdes. — Alguns segredos precisam permanecer assim até que as pessoas estejam prontas para lidar com eles, cada uma no seu próprio tempo.

Júlio volta a se servir e eu o acompanho, incapaz de falar qualquer coisa. Logo que terminamos de nos servir, seguimos para a mesa onde dona Ana está sentada. Ela nos nota com um leve inclinar do queixo e sorri.

— Vamos comer? — incentiva ela, toda sorrisos e gentilezas.

As primeiras garfadas são esquisitas. Não pela comida, que está deliciosa, mas pelo silêncio desconfortável. O tilintar dos talheres nos pratos, a conversa abafada que vem das outras mesas, o chiado do fogo nas panelas na cozinha e do vento correndo solto lá fora. Todos esses sons me envolvem rápido demais, e preciso fechar os olhos e me concentrar nas batidas agitadas do meu coração.

Quando abro os olhos, vejo dona Ana me fitando como um gato estudando a altura de um salto. Engulo o bolo de comida na boca e troco um olhar com Júlio, que dá de ombros imperceptivelmente. Dona Ana volta seu olhar felino para Júlio, em quem se demora um ou dois minutos, então retorna sua atenção para o prato de sopa à sua frente.

Júlio franze as sobrancelhas para mim. Pisco, sem saber o que fazer.

— Como você soube — dona Ana pergunta de repente, me pegando de sobressalto — desse relacionamento entre meu irmão e a sua avó?

Baixo o garfo para o prato.

— As cartas — digo, cobrindo a boca com a mão. — Eles trocaram várias delas ao longo dos anos. Minha vó guardou todas.

— Entendi. — Dona Ana anui. — E foi a Cecília quem te contou sobre essas cartas?

— Ela não sabe que estamos aqui.

Dona Ana crispa os lábios.

— Você é um garoto muito otimista — diz ela.

— E muito teimoso — Júlio diz baixinho, entre uma garfada e outra.

— Igualzinho a sua avó — Dona Ana acrescenta com um sorriso crescente, o primeiro sorriso de verdade.

Dona Ana nos conta histórias de uma Cecília jovem, a quem chama de Ciça, que passava suas férias em Ubatuba; de suas explorações na mata e mergulhos de pedras altas que deixavam a própria mãe de cabelo em pé, e seu irmão completamente assustado. Diz que Cecília era a pessoa mais cheia de vida que ela já tinha conhecido. Eu assinto, os cotovelos na mesa, os olhos brilhando. Esta mulher realmente conheceu minha avó.

Seus olhos passeiam entre Júlio e mim, curiosos. Estou tão imerso em suas histórias sobre minha avó que só registro o acontecimento quando ela baixa os olhos para seu novo prato, os talheres a meio caminho de cortar a carne. Ela pigarreia.

— Depois que a ditadura explodiu — conta ela, o tom sóbrio —, nunca mais vi a Ciça.

— Você sabia — pergunto depois de um tempinho em silêncio, absorvendo suas palavras — que seu irmão se comunicava com a minha avó?

Dona Ana balança a cabeça em negativa.

— Dionísio nunca me falou de uma mulher em especial — comenta. Ela estala a língua e revira os olhos. Então, dá um sorriso. Um sorriso de lábios, retraído, repleto de amor e saudade. — Meu irmão era o maior galinha. Não valia o pacote da paçoca.

— Como exatamente... — começo a perguntar, sem nem sequer pensar no que está saindo da minha boca, e então travo.

Dona Ana vira o rosto para me encarar, os olhos ainda perdidos na névoa saudosista. Não quero fazê-la relembrar a morte do irmão duas vezes na mesma noite.

Abaixo a cabeça.

Júlio encontra minha mão debaixo da mesa e entrelaça nossos dedos, apertando-a três vezes. Dona Ana tem a expressão suave quando volto a encará-la, meu rosto contorcido num sinal não verbal de "me desculpa".

— Dionísio bebeu demais naquela noite — ela me conta pela segunda vez. Agora, consigo entender cada palavra que ela diz. Meu coração dá um salto. — Foi atropelado saindo de um bar. Ele chegou a ser socorrido, mas teve um AVC e não resistiu.

Antes que eu possa racionalizar, cruzo o espaço entre nós e ponho minha mão sobre a dela. Dona Ana ergue os olhos, ligeiramente surpresa. Torço para que este toque ajude-a a se sentir melhor. Ela divide o olhar entre Júlio e mim novamente. Tosse.

— Me conte sobre sua família — ela pede.

Eu conto.

Conto sobre o vô Berto, por quem ela tem grande curiosidade, e depois sobre meus tios e tias, meus primos e seus filhos. Dona Ana fica particularmente interessada na nossa dinâmica familiar em eventos como o Natal, pois não imagina minha avó presa a uma casa em vez de explorando o mundo, então Júlio e eu lhe contamos sobre as aventuras dela com meu avô, nossas aventuras juntos, e mostro-lhe algumas fotos no celular.

— E vocês dois — ela cutuca, inquisidora, apontando a colher suja de merengue para Júlio e mim —, há quanto tempo se conhecem?

Júlio e eu trocamos um olhar.

— Festa da faculdade — Júlio diz —, uns três anos atrás. As lembranças da festa me fazem dar uma risada.
— Aquela festa foi tão ruim! — digo.
— A cerveja estava quente — Júlio completa.
— E a música... um horror!
— E daí começou a garoar...
— Eu já estava jogado em algum canto dentro do prédio da faculdade...
— Esbarrei nele nas escadas...
— E ficamos sentados juntos jogando Candy Crush até o metrô abrir.
— Pegamos o telefone um do outro e começamos a conversar.
— E assim ficamos amigos — digo, dando uma olhada de canto para Júlio, contendo um sorriso. Pela minha visão periférica, flagro dona Ana de olhos quase fechados, balançando a cabeça devagar.
— Garotos, a conversa foi boa — dona Ana diz, abrindo os olhos e se recostando na cadeira —, mas acho que já está na hora de ir. — Ela abre os braços para o restaurante. Me viro na cadeira para acompanhar seu gesto e me deparo com dois funcionários em suas camisas preto-e-azuis limpando as mesas, em sua maioria vazias. Faço menção de me levantar, mas dona Ana abre a palma da mão em sinal de pare. — Fiquem. Eu preciso arrumar as coisas pra poder ir até Santo André com vocês. Vocês dois podem comer a musse de floresta negra por conta da casa — diz ela, com uma piscadela, desaparecendo no corredor que leva aos quartos.

— Meu Deus, eu poderia comer a comida desse hotel pra sempre — digo, tropeçando nos próprios pés ao entrar no quarto.

Júlio ri. Ele fecha a porta com cuidado enquanto eu descalço os tênis sem cerimônia e os deixo jogados de qualquer jeito ao lado da cama.

— Que sua vó não escute isso — ele pontua em tom conspiratório, também rindo. Júlio se senta ao pé da cama, os ombros caídos para frente. Suspira. — Mas aquela musse de floresta negra...

— Não é? — retruco.

— Ave Maria...

Solto uma risada cansada. Júlio se deixa cair deitado de costas na cama, e, por mais que a cama de solteiro seja grande – no que diz respeito a camas de solteiro –, ele ocupa quase todo o espaço do colchão.

O mar continua bastante revolto, rugindo ao chocar-se contra a areia da praia, a maresia assobiando por entre as frestas das portas e janelas de madeira da pousada. Contudo, neste quartinho, o zumbido da eletricidade nas paredes e a respiração de Júlio se sobrepõem a todos os outros sons.

— Já são quase dez da noite — ele diz, conferindo o relógio de pulso. — Devíamos ir dormir. Temos que sair cedo.

Limpo a garganta.

— Cedo quanto? — pergunto.

— Umas... oito horas? — Sei que estou fazendo careta e Júlio me pega em flagrante. Ele sorri ao mesmo tempo que dá um gemido alto. — Eu deixo você acordar por último.

— Meu herói — anuncio.

O sorriso se transforma numa gargalhada rápida, e, rápido demais, o som desaparece. Sinto falta dela, da gargalhada. Ficar em silêncio com Júlio nunca foi problema antes. Agora, quero mais. E, por querer mais, não faço ideia de como reacender a conversa – especialmente depois de ele dizer que deveríamos dormir.

Ainda estou preso dentro da minha própria cabeça quando ele se levanta e ouço o som do zíper de sua bermuda descendo até que ele para, gira o rosto e seus olhos verdes me encaram, receosos.

— Escuta — diz ele —, tudo bem eu dormir de cueca? Não quero amassar a única muda de roupa que tenho.

— Ai, Júlio, pelo amor de Deus — respondo, zombeteiro.

— Já te vi de cueca um milhão de vezes. Inclusive, vi sua bunda branca faz bem pouco tempo.

Há uma leve tremulação no canto de sua boca, a sombra de um sorriso. No entanto, ele não sorri. Ele prende o olhar ao meu, e um arrepio levanta todos os pelos do meu braço. Ele vê alguma coisa, então baixa os braços a meio caminho de tirar a camiseta.

Eu reviro os olhos.

— É só uma cueca — digo. E, para ilustrar a situação, desabotoo minha bermuda e puxo o tecido para baixo, revelando minha cueca estampada do Pokémon. Júlio solta uma gargalhada nervosa, o que me acalma. — Viu? Tá tudo bem.

Júlio sacode a cabeça, os olhos presos aos meus, o sorriso sem deixar seus lábios.

Tiramos nossas camisetas e estendemos as roupas sobre a penteadeira. Durante esse processo, tomo consciência de: meus peitos, minha barriga, minhas coxas, as estrias, e Júlio, e seu peito, e sua barriga, e suas pernas, e as sardas espalhadas nas suas costas. Tudo acontece muito rápido. Num momento, estou preocupado com a força que a gravidade exerce na minha barriga quando estou inclinado, fazendo-a parecer um saco de slime, e no outro estou esbarrando no braço de Júlio enquanto arrumamos nossas roupas – ele querendo estendê-las nos cabides do guarda-roupa, eu achando mais fácil deixar tudo ali em cima. Abraço meu corpo e me esforço para ignorar a vozinha que grita pensamentos perigosos vindos do aterro sanitário da minha cabeça; se tem alguém com quem me sinto confortável na minha própria pele, esse alguém é o Júlio.

— Lado direito ou esquerdo da cama? — Júlio pergunta, depois de pendurar nossas camisetas nos cabides dentro do guarda-roupa.

— Esquerdo — digo. — Não quero ficar apertado.

— Eu posso dormir no chão, não tem problema — ele retruca.

— Você precisa descansar — pontuo. — A gente já dividiu uma cama antes.

— É, uma cama de casal — ele relembra.

Pondero por alguns segundos.

— Então eu durmo no chão — respondo por fim.

Júlio puxa os lençóis brancos, se esgueirando para debaixo deles, e se espreme contra a parede. Ele deixa o espaço livre descoberto e estala a língua.

— Vem logo pra cama, Caetano.

Assim que me coloco ao seu lado, Júlio se ajeita de modo a ficar com as costas retas no colchão macio. Ele relaxa com um gemido de contentamento. Dou uma risadinha e apago a luz.

— Não fazia ideia de que estava tão cansado — ele murmura, cheio de rouquidão na voz.

Assinto e deixo que ele ocupe mais espaço na cama, equilibrando-me na beirada. Estou quase pegando no sono quando a voz rouca de Júlio me chama.

— Por que está tão longe?

— Estou te dando espaço pra descansar — digo.

Júlio estala a língua novamente, a cama sacode sob nosso peso. Me enlaça com o braço, puxando-me para perto até que estejamos os dois colados um ao outro, nossos corpos confortavelmente encaixados feito duas colheres na gaveta de talheres.

— Isso é bom... — digo, relaxando contra o peito de Júlio.

— Uhum — ele murmura.

— Você não tá apertado? — pergunto baixinho.
— Uh-hum — responde.

Solto o ar pelo nariz devagar e sinto os músculos do corpo amolecerem. Entretanto, o calor do corpo de Júlio colado ao meu, as batidas apressadas do seu coração martelando minhas costas, sua respiração rápida e curta... esse excesso de Júlio provoca um arrepio debaixo da pele, como se um bichinho longo e peludo estivesse caminhando pelas minhas costas nuas.

Engulo um pouco de saliva, a garganta repentinamente seca.

Por alguma razão, Júlio parece desconfortável e se mexe para longe de mim - primeiro o quadril, depois o peito. Seu braço ainda me serve de travesseiro, no entanto. Sinto o cheiro de sabonete e desodorante.

Me encontro dividido entre estar cansado demais para querer pensar e incomodado o suficiente para não conseguir evitar de me remexer na cama. Coço a planta de um pé com o dedão do outro. Ajeito os ombros, me encaixando no vão entre o braço e o tronco de Júlio. Meu estômago faz barulho e não sei se estou ansioso ou com gases, ou os dois. Bufo.

— No que está pensando? — Júlio dispara a pergunta do nada.

Giro o pescoço para encará-lo na escuridão.

— Eu tenho uma dúvida... — digo. Não vejo muito do seu rosto, mas sei que ele está comprimindo os lábios. Quando ele assente com a cabeça, me encorajando a falar, eu mais sinto o movimento do que o vejo. — Como a dona Ana nunca descobriu sobre a minha vó e o Didi? Se elas eram tão amigas, por que não tentar encontrá-la? Hoje em dia, todo mundo tem perfil em pelo menos *uma* rede social!

— Eu tenho outra dúvida — ecoa ele, o tom brincalhão me fazendo revirar os olhos. — Por que isso é tão importante pra você?

— Ah, isso de novo não... — murmuro.

Júlio solta uma risada e cutuca as minhas costelas. Eu quase caio da cama.

— Tenho mais uma dúvida — sussurro, assim que Júlio para de rir de mim. Desta vez, ele estreita o enlace do seu braço até não haver espaço algum entre nós. Deixo a testa encostar em seu ombro. — O que faz um relacionamento persistir durante anos, décadas? — continuo, mantendo a voz baixa o bastante para ainda ouvir as ondas quebrando na praia. — Acho que a minha vó talvez pudesse me dizer isso, mas agora meio que falta a outra parte.

— Por que não pergunta aos seus pais? — Júlio questiona.

— Não é a mesma coisa — estalo a língua. — Eles não têm a mesma faísca dos meus avós. Aquela coisa de viver aventuras juntos.

— Um relacionamento é mais do que viver aventuras juntos — ele pontua.

— Concordo. — Apoio o cotovelo no travesseiro enquanto ergo o rosto para vê-lo melhor. — Um relacionamento *é* uma aventura.

Seus lábios formam um sorriso.

— Você sonha demais — diz ele, o sorriso ainda firme. Júlio, então, se vira, imitando minha posição; os dedos longos escondidos na barba escura. Ele apoia o braço livre no meu quadril, a ponta dos dedos traçando linhas na minha coluna. — Tenho uma dúvida: por que você está tão interessado em descobrir sobre essa faísca? Por que você busca o que os seus avós tiveram e não o que os seus pais têm?

A resposta está na ponta da língua - porque ninguém quer ser como os pais; porque meus avós se divertiam mais; porque tenho como objetivo me dedicar a um trabalho que eu ame (ou pelo menos goste) em vez de passar a vida infeliz trabalhando com algo que não me traz nenhum prazer, como minha mãe insiste que eu faça –, mas minha mente fica confusa e tenho dificuldade em dizer meus motivos quando a mão de Júlio repousa na lateral do meu corpo, o polegar fazendo círculos na pele dos meus pneuzinhos. Fecho os olhos e aproveito o toque. É quase demais. Tomo ciência da pequenez do quarto, da miudeza da cama, da grandeza de Júlio.

Pisco as pestanas.

— Outra dúvida não relacionada — disparo, aos sussurros, a voz raspando na garganta —, por que terminou com aquele menino?

Os dedos de Júlio param, o círculo incompleto.

Nossas respirações tomam conta do ambiente, sobrepujando até mesmo a ressaca do oceano pós-chuva. Reparo em como estamos ofegantes, Júlio e eu, em como meus lábios estão secos. Molho-os com a ponta da língua.

— Nós terminamos — Júlio diz por fim, os dedos voltando a produzir movimentos circulares nas minhas costas — porque tudo acaba. Porque todos os relacionamentos chegam a um fim, de um jeito ou de outro.

Sugo os dentes. Quando falo, o tom é tão amargurado que mais parece uma confissão resmungada.

— Neste caso, é basicamente por isso que estamos aqui, né?

— Como assim?

Solto o ar pela boca. Encontro os olhos de Júlio, o tom de verde que consigo enxergar até mesmo na pouca luz de agora. Respiro fundo.

— Pra começar — levanto um dedo na altura do queixo, enumerando cada exemplo enquanto falo —, todos os relacionamentos que já tive foram pelo ralo, porque eu aparentemente não sei fazer isso dar certo. Depois, sou uma decepção para os meus pais, que prefeririam ter um filho concursado, médico, advogado, ou literalmente qualquer outra coisa que não artista, porque artista passa fome, embora a tia Kátia insiste em dizer que fome eu claramente não passo. E, falando na tia Kátia, ela é direta em dizer que um dos motivos de eu estar solteiro é ter batido os três dígitos na balança, então tem isso. — Paro para recuperar o fôlego. Mantenho os olhos fixos nos quatro dedos erguidos; não consigo mais olhar pro Júlio. Ele parou com os carinhos lá pelo segundo dedo. Seu olhar queima meu rosto.

Então, Júlio me abraça.

Me enrolo em mim mesmo, aconchegando a cabeça debaixo de seu queixo, e permito que Júlio passe os braços ao meu redor. Ele me envolve em silêncio. De onde estou, sinto seu pomo de adão pulsar.

— Isso faz de mim uma pessoa egoísta — pergunto baixinho —, querer trazer um antigo amor de volta à vida da minha vó pra que a minha vida também se torne melhor?

— Tá tudo bem você ser um pouquinho egoísta e pensar em si mesmo de vez em quando — Júlio me assegura, apertando-me contra o peito —, contanto que não machuque ninguém. Você me ensinou isso. E lembra, a gente embarcou nessa jornada com um objetivo: impedir que a dona Cecília seja levada a um asilo. Suas intenções eram boas.

Levanto a cabeça do meu esconderijo e o encaro.

— Só não deu muito certo — aponto.

Júlio dá de ombros.

— Tenho certeza de que até amanhã você vai ter outra ideia. — Ele inclina a cabeça e deposita um beijo suave na minha testa. — Senão, a gente pensa em alguma coisa juntos.

Abro um sorriso fraco. Sinto o peito apertado, frágil demais para as pancadas do coração contra suas paredes. Tento respirar fundo, mas é como se o ar desaparecesse assim que chega aos pulmões. Quando o encaixe com Júlio se torna mais estreito, preciso cerrar os dentes e engulo saliva.

— Eu... tenho mais uma dúvida... — consigo murmurar, mais ar do que palavras. Júlio inspira, e talvez eu esteja fantasiando, mas uma vozinha no meu cérebro acredita que há algo a mais nessa ação, como se ele também estivesse com dificuldade de respirar ou, assim como eu, estivesse secretamente se agarrando até mesmo às partes imateriais de nós mesmos.

— Hmmm...? — ele me incentiva.

— Por que você está tão distante?

— Estou mais perto de você agora do que já estive em toda minha vida, Leãozinho — Júlio responde com a voz rouca.

Levanto o queixo, o rosto roçando em sua barba, até ficarmos na mesma altura. Está quente demais aqui, suor desce pelas minhas costas e brota na testa. Encontro o olhar de Júlio, um brilho tremeluzente dança em seus olhos e estou preso a ele. Quebro o contato visual no instante em que noto sua boca mexer.

— Tenho... uma dúvida, Caetano — diz ele, o tom sôfrego.

O travesseiro crispa quando assinto. Júlio não verbaliza, mas os olhos lampejam à luz invasiva de um raio. Sou novamente um refém do seu olhar conforme os dedos de Júlio se prendem nos cachos ao pé da minha nuca, ao passo que envolvo sua cintura com o braço, trazendo-o para mais perto. Os lábios de Júlio tomam os meus em um beijo suave, cada vez mais profundo. A princípio, não sinto nada a não ser uma calma avassaladora. Então, a coisa escala, como fogos de artifícios que sobem ao céu noturno e explodem em cores.

No momento em que nos afastamos, nossas bocas descolando lentamente, elas mesmas protestando a distância, eu entendo. A dúvida de Júlio ainda está ali, chispando em seus olhos e contorcendo as linhas do seu rosto. O tempo se estende longamente enquanto nos encaramos, estudando um ao outro. Quando as rugas da expressão de Júlio se suavizam, não há mais nenhuma dúvida.

Desta vez, mergulhamos em um novo beijo ao mesmo tempo. Este é desesperado em comparação ao primeiro; passamos tempo demais debaixo d'água e precisamos respirar. Eu respiro Júlio, seu hálito, seu perfume, seus gemidos. Me agarro a ele quando fico confuso sobre nossos corpos. Ele me norteia, seguindo a bússola sentido sul, a boca traçando a linha do maxilar à garganta, ao peito e descendo pela barriga.

Eu não fazia ideia do quanto desejava aquilo.

Capítulo 9

Por cima do ombro, vejo os contornos do corpo de Júlio, a barriga subindo e descendo conforme respira em sono profundo. Devem ser umas três e pouco da madrugada e uma garoa cai de maneira insistente contra a vidraça das janelas.

Júlio dorme praticamente grudado à parede. Tenho espaço o bastante para relaxar os braços ao lado do corpo, mas não consigo. Relaxar. Minha cabeça está a mil, reprisando cenas e diálogos das últimas horas como se eu estivesse assistindo ao mesmo filme em loop. Por quê, por quê, por que fiz isso? Enquanto, de canto de olho, roubo uma olhada de Júlio, inconsciente, me pergunto se não foi por carência. Júlio é meu melhor amigo. E sei de umas histórias em que melhores amigos têm relacionamentos coloridos pra ajudar com essa parte mais vulnerável dos sentimentos. Mas Júlio e eu? Nós nunca fizemos isso. Até hoje.

Talvez tenha sido coisa de uma vez só. Júlio gosta de transar, de sair com garotos com frequência. Ele certamente deve estar se sentindo meio solitário depois de terminar com o último. E eu... estou solteiro há algum tempo, sem beijar uma boca sequer desde que terminei com o Heitor e suprindo qualquer desejo sexual com vídeos pornôs caseiros no Twitter.

É. Deve ser isso.

Ao passo que essa realização me traz um quê de paz, outro tipo de pânico se instala na minha mente: e se estragamos tudo? Nossa amizade não parece do tipo frágil, mas quem é que sabe desse tipo de coisa? O fim de um relacionamento pode ser do tipo calmo e pacífico quando os dois chegam a esse ponto juntos, mas, para aqueles que não o querem, é tão devastador que sacode nosso mundo inteiro a ponto de nos tornarmos irreconhecíveis para nós mesmos. Sei bem disso.

Inspiro um tanto trêmulo.

E se esse for o catalisador do nosso fim? Não estou pronto para abrir mão de Júlio – a última coisa que quero é perdê-lo.

Percebo que estou encarando-o quando noto suas pálpebras tremerem. Volto os olhos para cima imediatamente, focando-os nas pás do ventilador de teto que giram preguiçosamente. Quando o colchão cede sob o corpo de Júlio, giro na cama até ficar de costas para ele. Ainda não estou pronto para encará-lo, então finjo que estou dormindo, só pra garantir.

Deus, sou uma pessoa horrível.

Depois de sofrer antecipadamente com todos os cenários nos quais Júlio e eu não éramos mais amigos que minha cabeça projetou, chego à conclusão de que ele nunca faria isso — Júlio jamais se afastaria de mim por causa disso. É em mim mesmo que não confio. Porque não sou do tipo que faz sexo casual. Beijar é uma coisa, mas sexo é outro tipo de entrega. Eu me apego. Eu quero mais, mesmo que esse mais não seja possível ou seja menos do que aquilo que estou buscando e sei que mereço. Minha cabeça não entende o conceito de dar umazinha e fingir que nada aconteceu. Ela não esquece.

Não sou como Júlio.

Reflito se Júlio perceberia caso eu saísse da cama. É difícil ter esse tipo de debate interno com ele por perto. Quando quero roubar só mais uma olhadinha da sua boca entreaberta enquanto dorme e lembrar da maciez dos seus lábios.

Se a gente tivesse se beijado naquela festa, três anos atrás, talvez as coisas fossem diferentes hoje. Agora, queria lembrar de algum sinal que perdi naquela noite, qualquer coisa que indicasse que Júlio estivesse interessado. Só o que lembro são as risadas, nós dois competindo pra ver quem chegava mais rápido na próxima fase de Candy Crush e ambos caindo de sono quando o metrô finalmente abriu.

É disso que não estou disposto a abrir mão.

Posso esquecer esta noite. Posso fingir que nunca beijei Júlio, que não conheço o gosto da sua pele ou como seu toque é gentil e apaixonado. Posso guardar num cofre a ternura em seu olhar quando me fitou ao nos conectarmos pela primeira vez, a sensação da palma de sua mão em concha segurando meu rosto e o calor do seu corpo sob o meu toque, e nunca mais abri-lo.

Prefiro jamais saber o que poderíamos ter sido a perder aquilo que já temos.

O rangido do estrado é o que me faz virar o rosto na direção da cama. Júlio abre os olhos com dificuldade, o cenho franzido.

— Bom dia — cumprimento baixinho.

Ele limpa os olhos, boceja, coça a virilha.

— Hmmm.

— Deixei você dormir até mais tarde — completo. Bloqueio a tela do tablet e o coloco dentro da mochila. — A viagem é longa, e um motorista bem descansado é um motorista que não vai colocar a minha vida em risco.

— Você já tomou banho? — ele pergunta, ainda grogue de sono.

— Uhum.

Nossos olhares se cruzam e, por um momento, sinto uma espécie de gancho puxando, rasgando meu estômago.

— Já que acordou, você também deveria se arrumar — digo antes de voltar a atenção para a mochila. Faço uma lista mental de tudo o que trouxe para garantir que esteja tudo dentro da mochila e não esparramado pelo quarto, ou pela cama. Roupa, carregadores, garrafas de água...

— Caetano... — ouço Júlio chamar com a voz enrouquecida.

... celular, no bolso, iPad, na mochila. Está tudo aqui?

— Caetano.

— O que é? — retruco, dando o rosto para encará-lo.

Júlio está sentado na cama, as pernas cruzadas em posição de lótus, o lençol, repleto de vincos, emaranhado sobre o colo. Seu peito e pescoço têm marcas avermelhadas da noite passada, e o lábio ainda conserva um pouco do inchaço. A barba e o cabelo, totalmente desgrenhados. Os olhos, por outro lado... eles estão de um tom de verde que nunca vi antes.

Com a sobrancelha arqueada deste modo, é quase como se Júlio estivesse suplicando por algo. Uma resposta.

Abro a boca, mas não sai som algum. A pousada e o oceano falam no meu lugar - ondas suaves quebrando na praia; hóspedes acordando, arrastando os pés pelo local, batendo talheres no restaurante durante o café da manhã. Sinto o rosto esquentar. Abro e fecho a boca de novo.

— Dona Ana deve estar esperando por nós — digo por fim, desviando os olhos de volta para a mochila, para longe de Júlio. — Então acho que, se a gente quiser comer alguma coisa antes de ir, precisa se apressar.

A sucessão de sons me conta a história: Júlio sai da cama, abre o armário, entra no banheiro, tranca a porta e liga a ducha. A queda d'água me faz soltar um suspiro aliviado pelo qual me sinto imediatamente culpado.

Olho timidamente para a cama bagunçada. Arrumo-a da melhor maneira que consigo, duvidoso se as camareiras limpam os quartos dos funcionários. Tomo um passo atrás e admiro o trabalho. Capto um vislumbre dourado no chão. Me agacho, pego o pacote rasgado de camisinha e o jogo no lixo.

O café da manhã foi um evento silencioso em palavras, carregado de tensão e inesperadamente educado. Em meio aos "me passa a manteiga?" e "quer um croissant?", Júlio não tirou a expressão emburrada da cara. Dona Ana, que a princípio se contentou em comer em silêncio, desatou a fazer mais perguntas sobre a vó Cecília. Respondi cada uma de maneira mais extensiva do que de costume, ou seja, montei um monólogo à Odisseia a respeito da vida da minha vó. Quando Dona Ana nos perguntou se precisávamos de ajuda com a gasolina, Júlio ergueu os olhos de seus ovos mexidos e a encarou com o canto do olho.

— Não vai com seu próprio carro? — perguntei, confuso.

— Ah, não — ela respondeu, quebrando um pedaço de croissant com os dedos. — Já que vamos todos pro mesmo lugar, acho melhor irmos no mesmo carro. Espero que esteja tudo bem.

Busquei o olhar de Júlio. Ele aceitaria resignadamente a oferta de dona Ana. Ele havia feito planos para nossa viagem de volta a Santo André, dava pra ver, e eles não envolviam uma terceira pessoa dentro do carro.

Sendo assim, não foi surpresa nenhuma quando respondeu:

— Não haverá problema algum.

Dona Ana olhou inquisitivamente para mim, e eu assenti. Ela sorriu.

— Bom — concluiu ela. — Melhor terminarmos logo o café.

Após sairmos do restaurante, carregamos nossas malas de volta para o carro. O estacionamento ainda estava um tanto enlameado da chuva, mas Júlio garantiu que o terreno estaria estável o bastante para partirmos. O sol ardia no pescoço e nas pontas das orelhas. Dona Ana não demorou a aparecer, carregando uma bolsa em cada braço, com Wes ao seu lado. Eles discutiam aos sussurros, dona Ana deixando ordens para sua ausência.

— A pousada ficará sob seus cuidados, Wes — dona Ana repete ao se unir a nós. Júlio pega uma de suas bolsas e a coloca dentro do porta-malas. — Em período de alta temporada.

— Pode deixar, dona Ana.

— Wes... — diz ela em tom de aviso. Wes suspira.

— Está tudo bem, tia — ele diz de maneira reconfortante. — Eu dou conta.

Dona Ana dá um beijo em sua testa.

— Bom garoto.

— Está pronta, dona Ana? — Júlio pergunta, os cotovelos apoiados no teto do carro. Seus olhos passam brevemente por mim quando o faz.

— Sim.

— Façam boa viagem — Wes diz, dando um sorriso largo.

— Cuide da minha pousada! — diz dona Ana.

— Obrigado! — responde Júlio.

— Fica bem, Wes! — digo.

Dona Ana está a ponto de entrar no carro, a mão prestes a abrir a porta, quando alguma coisa a faz girar nos calcanhares, resmungar algo ininteligível para Wes e apertar o passo em direção à pousada. Wes revira os olhos e segue a tia, um meio sorriso nos lábios.

Aproveito o tempo extra para me recostar no Fiat Uno e olhar os coqueiros sacudindo ao vento e o mar logo atrás, refletindo em tons de azul. Júlio fecha a porta do carro e faz o mesmo. Ele inala e exala devagar, como se quisesse memorizar o ar salgado com os pulmões.

— Este lugar é tão bonito, tão especial... — suspiro. Fecho os olhos e respiro fundo.

Quase posso ver o horizonte claro e azul reluzente gravado atrás das pálpebras.

Assim que abro os olhos, pego Júlio assentindo.

— Por que você acha? — pergunta ele.

— Olha essa vista! — Ergo o braço e aponto para o mundo à frente. — Sente esse sol e a maresia. Esse som. E a pousada da dona Ana — completo — é basicamente tudo o que eu adoraria ter por um mês de férias.

— E é só a praia e a pousada que fazem você se sentir assim? — Júlio interpela, quase me cortando.

No tempo que levo para pensar em uma resposta, dona Ana já está de volta, procurando algo dentro da bolsa verde-água pendurada no ombro direito. Ela tira uma nota de cinquenta e outra de vinte e as entrega a Júlio.

— Acha que isso ajuda com a gasolina? — pergunta.

— Ajuda — ele diz, piscando os olhos para as notas dobradas entre os dedos da mulher. Ele faz que sim devagar com a cabeça e reabre a porta do motorista. — Vamos?

— Sim, sim — diz dona Ana. Para si mesma, ela murmura: — Vamos antes que eu desista.

Não acho que ela disse isso para que ouvíssemos, mas eu ouvi. Dou de ombros. Vai ver ela só está nervosa por deixar a pousada, visto a maneira como metralhou o Wes com recomendações de como agir em cada situação.

Sou incapaz de deixar de fitá-la pelo espelho retrovisor. Quando ela me pega encarando, ergo a sobrancelha em questionamento.

— Quando a gente coloca aquilo que nos é mais precioso nas mãos de outra pessoa... — ela comprime os lábios, incerta. Então cruza o reflexo dos olhos com os meus, os olhos pretos chispando como quem sabe de algo, mas não sabe se deve confiar o segredo a outro. — É impossível saber se os outros tomarão conta daquilo tão bem quanto nós mesmos, e isso dá medo.

    Estou me segurando no assento do carona. Aquiesço com a cabeça, talvez lendo um pouco demais nas palavras de dona Ana, incapaz de afastar os olhos de seus cachos negros enquanto ela os apruma. Júlio dá a partida no carro, seus dedos esbarrando nos meus na hora de mudar a marcha. Basta apenas um segundo olhando-o para que eu gire a cabeça e encare as grandes folhas dos coqueiros sacudindo lá fora. Dona Ana remexe em algo dentro da sua bolsa. Júlio pigarreia. Começamos a nos mover novamente.

Capítulo 10

A saída da cidade é infinitamente mais tranquila do que a chegada. Ao mesmo tempo que nossa pista segue quase vazia, com o espaço de um caminhão-pipa entre um carro e outro, a pista ao lado está parada, carros esmagados entre si, praticamente se movendo na base do totozinho.

— É sempre assim no fim de ano — suspira dona Ana, a cabeça virada para as filas de carros do outro lado.

— Quando foi a última vez que a senhora saiu da cidade, dona Ana? — pergunto.

Noto a atenção de Júlio flutuar, os olhos no retrovisor direcionados para dona Ana e para mim, antes de se voltar para a estrada.

— Sempre faço uma viagenzinha pra outras cidades mais próximas — ela diz, desprendendo os olhos dos carros parados e fixando-os no espelho retrovisor. — Tem sempre algum evento de hotelaria acontecendo. Nesse ramo, ou você está a par das necessidades das pessoas, ou é uma questão de tempo até decretar falência. — Dona Ana para e pensa por alguns instantes. — Mas não gosto de sair de Ubatuba. Fico desconfortável em deixar a pousada.

Concordo com um aceno de cabeça, lembrando-me do que ela dissera ao sairmos da pousada sobre deixar aquilo que amamos nas mãos de outra pessoa.

— Como é? — disparo. Vendo a confusão na expressão de dona Ana, completo: — Ser dona de uma pousada.

Sua expressão relaxa; porém, dona Ana não deixa a seriedade de lado em nenhum momento. Ela nos conta ter herdado a pousada do pai quando este morreu e que tinha que gerenciá-la com o irmão.

— Que não tinha nenhuma experiência na área e só não usava nossos quartos de motel porque ainda conservava o mínimo de bom senso — acrescenta, a boca retorcida como se tivesse chupado uma bala azeda.

Então, dona Ana revela que somente aos trinta anos conseguiu fazer um curso técnico em hotelaria.

— Foi o período em que mais me afastei da cidade — comenta, um tanto saudosa. A essa altura, ela já tinha encontrado uma posição confortável no banco de trás, com a bolsa verde em seu colo e a cabeça levemente inclinada sobre o encosto do banco. — Quando você é uma mulher que precisa viajar quase cinco horas por dia pra ir pra faculdade, tem um trabalho em período integral... realmente não tem o mesmo tempo ou os privilégios que todos aqueles jovens haviam recebido de bandeja a vida toda, as coisas são muito difíceis — dona Ana confessa com um suspiro. Ela sorri. — Ainda assim, eu fiz o melhor que pude.

Alcanço o joelho ossudo de dona Ana atrás de mim e o aperto na esperança de que possa sentir minha solidariedade. Ao meu lado, Júlio assente e dá um sorriso triste.

— Tenho uma noção de como é — diz ele, amargurado. — Minha mãe só pôde fazer o supletivo depois de se separar do meu pai e, nessa época, ela precisou bancar uma casa e um filho sozinha.

— Escroto — ela resmunga baixinho, mas fazendo questão de ser ouvida. Mais alto, completa: — Você parece um jovem muito responsável, Júlio. Tenho certeza de que você a ajudou como pôde.

Júlio fica visivelmente sem graça, limitando-se apenas a dirigir.

— O pai do Júlio nem sequer ajudava com uma pensão — digo, porque é mais forte do que eu. — Sempre ameaçou a mãe dele e, como a tia Carmen preferia evitar conflito, nunca foi atrás. — Arrisco uma olhada para Júlio; ele continua focado na estrada, a mandíbula travada. Espero para ver se a minha boca grande é o motivo de sua irritação, mas, como ele não me pede pra parar, entendo que não é comigo que está bravo. — Júlio trabalhou como jovem aprendiz no supermercado do bairro pra ajudar com as despesas enquanto a mãe cursava enfermagem à distância — sussurro timidamente.

De seu lugar no carro, dona Ana aquiesce.

— Não sei por que o sussurro — ela diz, contemplativa, atraindo nossa atenção. — Todo o esforço honesto e bem-intencionado deve ser motivo de orgulho. Não menospreze seu esforço e sacrifício.

— Não fui obrigado a nada — Júlio completa em defensiva. Seus dedos se enrolam com mais força ao redor do volante. — Eu queria ajudar minha mãe... Mais do que isso, eu sentia que devia, sabe?

Dona Ana cerra os olhos incisivos para ele.

— Toda criança que carrega a responsabilidade de cuidar dos adultos já deixou de ser criança — diz ela com naturalidade. — Eu sei disso. Fui uma dessas e dá pra ver que você também foi. Não é nenhuma vergonha fazer nossa parte. Criança tem que ter função em casa, sim. Tem que aprender a viver no mundo. Mas cuidar de adulto... — Ela sacode a cabeça, os cachos do black power sacudindo ao seu redor feito uma nuvem. — Ninguém com tão pouco tempo de vida deveria ter que fazer isso. Esse tipo de coisa endurece a gente. — Dona Ana fica quieta por um tempo, absorvendo a paisagem verde e azul do lado de fora da janela. Fica tanto tempo em silêncio que parece que terminou de falar. Porém, quando todos encontramos outra coisa em que focar, Ana volta a falar, a voz mais gentil desta vez: — Sua mãe é uma mulher guerreira. Teve sorte de ter tido um homenzinho como você.

Do banco do motorista, Júlio engole em seco. Dou minha atenção a ele e o flagro piscando rápido, espantando as lágrimas dos olhos por debaixo dos óculos embaçados. Tal como fiz com dona Ana, fecho os dedos em volta de sua coxa. Ele mantém a cabeça de pé, o queixo apontado para a frente, mas, quando ele exala lentamente, sinto-o mais calmo.

No momento em que os sons da viagem pressionam meus tímpanos, puxo o celular de Júlio do suporte e coloco a minha playlist para tocar. Guitarras e baixos e o sintetizador da música cumprem bem seu trabalho em impedir que eu perca o foco.

Ao fim da primeira música, dona Ana anuncia que tirará uma soneca, acomodando-se junto à janela do carro. Júlio e eu mal temos tempo de desejar um bom descanso; ela rapidamente pega no sono.

O embalo do carro me deixa um pouquinho sonolento também. Entretanto, a constatação de que Júlio e eu somos as únicas pessoas acordadas é inquietante. Olho de esguelha para ele. Meu estômago reage instantaneamente.

Pigarreio.

— Dona Ana tem razão — falo em voz baixa, de modo a não acordá-la. Júlio se inclina na minha direção. — Sua mãe tem sorte de ter você.

Júlio tira os olhos da estrada por um breve momento. É rápido, porém, mesmo depois de seu olhar deixar o meu, continuo sentindo os efeitos em todo o corpo.

— Queria poder dormir tão rápido quanto dona Ana — ele diz, indicando o banco de trás com a cabeça.

Giro no meu assento e admiro a mulher encolhida em seu canto, dormindo.

— Ela deve estar exausta — especulo. — Eu capoto em cinco segundos quando tô cansado.

— Não acho que seja isso... — Júlio diz, após pensar a respeito por um tempo. — Acho que ela deve ser do tipo de pessoa que tem a mente limpa, sabe? Que não fica ruminando pensamentos.

— Tipo se deve ou não morar sozinho? — arrisco.

Júlio não se barbeou hoje. Sei disso porque estou encarando-o sem nenhum pudor. O que quer dizer que vejo os fios rebeldes ultrapassando a linha sempre bem-marcada de sua barba. Também noto o vinco em sua testa, a maneira como os óculos escuros escorregam pela ponte do nariz, e como sua boca crispa quando ele a umedece com a ponta da língua. Chega a ser desorientador, na verdade.

— Ou algo tão importante quanto — ele conclui.

Abro a janela, feliz com a rajada de vento que acerta minha cara. A paisagem verde da vinda é igualmente bonita na volta, embora agora tenha perdido um pouco do apelo. Não que seja culpa das árvores carregadas de flores, da grama alta ou dos pastos. Só descobri algo melhor para o qual olhar. Ainda assim, consigo apreciar o cheiro das plantas dominando o ar sob o calor do sol enfraquecendo a fragrância do perfume de Júlio. É isso o que preciso, combater as memórias da noite passada e o poder que exercem sobre mim, obrigando-me a perceber coisas como o cheiro único do seu perfume quando misturado na pele ou as linhas formadas pelas veias no seu braço esquerdo apoiado na janela aberta enquanto dirige.

Quando toca "Don't Go Breaking My Heart", do Elton John, quero me jogar do carro em movimento.

Troco de música.

— Então... — digo naquele tom de quem não quer nada. — Quando foi que você e o garoto terminaram?

Júlio respira fundo e batuca no volante.

— Umas duas ou três semanas — responde.

Mexo a cabeça em afirmativa e fico quieto.

A playlist chegou num ponto delicado em que toca músicas dos meus filmes favoritos e agora está tocando "Don't You (Forget About Me)". Se a próxima for "My Heart Will Go On", não sei o que faço.

Alcanço o celular preso ao suporte e, o mais disfarçadamente que posso, troco de música.

"Tearin' Up My Heart", do N'sync.

Pelo menos não é música de filme, eu acho. Desligo a música por completo.

Um caminhão nos ultrapassa à esquerda, os pneus da altura do nosso carro. Júlio levanta a janela rápido, mas é incapaz de bloquear o som ensurdecedor da buzina combinado ao atrito do pneu no concreto. Júlio xinga baixinho ao reabrir a janela.

— Por quê? — pergunta ele.

Ao mesmo tempo, questiono:

— E você não tem vontade de ficar com outra pessoa?

Pela maneira como as sobrancelhas de Júlio saltam por sobre as lentes dos óculos escuros, percebo que está surpreso com a pergunta. Me pego estudando suas reações. O que será que está pensando? Ele nunca esteve muito aberto a falar sobre o último término, mas isso foi antes... daquilo em que eu não deveria estar pensando mas agora estou. E se ele achar que estou falando de nós dois? E se eu *estiver* falando de nós dois?

— Sim — ele responde rápido demais, como quem solta o ar após muito tempo segurando-o nos pulmões.

Ainda estou um pouco aturdido com sua resposta e as questões que ela cria na minha cabeça. Quando dou por mim, estou puxando os pelinhos dos dedos. Sei o que não posso fazer – pensar no sexo, nem no carinho, nem no quanto quero sentir aquilo de novo. Talvez esteja na hora de focar o que eu, na qualidade de melhor amigo, posso fazer. Então me lembro.

— Acho... que posso te ajudar com isso — falo, outra lembrança invadindo a mente.

É o que é certo. Seguir o plano. Garantir que Júlio seja apenas meu amigo. Porque é isso o que somos, amigos. Melhores amigos. E, se eu estiver no controle, se eu participar do processo, então reforçarei essa verdade a mim mesmo: Júlio e eu somos melhores amigos.

Sinto as pontas dos dedos de Júlio na minha perna. Ele esticou os dedos do câmbio. Em seu rosto, a expressão é intensa o bastante para quase me fazer querer desistir. Quase.

Inspiro devagar.

— Por favor não fica bravo... — murmuro. Pego o celular de Júlio do suporte, abro o aplicativo e viro a tela para ele. Júlio olha rapidamente a tela uma vez, volta a encarar a estrada, e então fixa os olhos de novo na tela. — Eu meio que comecei a brincar de Tinder quando a gente estava indo pra Ubatuba.

Júlio faz nada além de fitar a tela, sem reação.

Abro o primeiro perfil e passo as fotos para que Júlio possa vê-las.

— Foi bem fácil, na verdade — digo. — Você é bastante popular. Óbvio que com a cara que você tem, você seria. Os matches foram praticamente instantâneos e...

— Você quer que eu fique com outra pessoa? — Júlio apela, o rosto transformado pela mágoa. Seu olhar agora sustenta o meu, incrédulo.

Encolho os lábios. Meus braços começam a tremer, então coloco o celular sobre o colo. Ao mesmo tempo, a visão de Júlio começa a embaçar, e só aí percebo que há lágrimas empoçando meus olhos. Júlio não olha para mim, seu rosto está virado para frente. Mal consigo vê-lo por trás da cortina de lágrimas. Tanta coisa passa pela minha cabeça – por que ele não olha para mim? Por que está tão magoado? Por que eu quero que ele esteja magoado com isso? – que começa a doer.

Júlio torna a olhar para mim, os grandes olhos verdes aguados. Abaixo a cabeça.

— Caetano — chama ele —, você quer que eu fique com outra pessoa?

Além de você?, a parte esperançosa do meu cérebro completa a pergunta.

Não, não vou pensar nisso. Já me decidi pela nossa amizade. Talvez seja esquisito agora, mas vai ser melhor depois. É sempre assim. Rola um drama, depois um estranhamento, e pouco tempo depois as coisas se ajeitam. Após o ano-novo, com certeza, tudo estará resolvido. Vamos ter as férias para refortalecer nossa amizade. Quando as aulas começarem, seremos o que sempre fomos.

Porém, quando finalmente ergo a cabeça para encará-lo, noto que o carro saiu da linha reta e estamos a ponto de cair num buraco grande o bastante para engolir um pneu.

— BURACO! — alerto, mas é tarde demais.

Antes que Júlio possa girar o volante, o carro afunda no buraco, o som parecido com o de uma bexiga estourando ecoa, e nós somos jogados para o lado com tanta violência que bato a cabeça na estrutura do carro umas duas vezes.

Dona Ana acorda com o tranco, a aparência assustada.

Júlio xinga, controlando o carro da melhor maneira possível enquanto o dirige até o acostamento.

Tão logo paramos, Júlio abre a porta e sai do carro, deixando-a aberta. Ele não vai até o pneu para ver o estrago: caminha alguns metros à frente, ganhando distância entre ele e o carro.

Olho para os lados, sem saber o que fazer. No espelho retrovisor, dona Ana pisca sonolenta e mal-humorada pela maneira como foi acordada. Seu reflexo pousa o olhar em mim.

— Caímos em um buraco — respondo à pergunta implícita.

— Eu sei — ela diz. — Ouvi toda a conversa.

Só consigo me imaginar ficando mais sem graça caso ela tivesse dito "Eu sei o que vocês fizeram na minha pousada na noite passada". Baixo a cabeça para fitar os dedos sobre o colo. Ainda assim, sinto nos ombros o peso do olhar de dona Ana me encarando. O celular de Júlio ainda está no meu colo, a tela brilhando com nomes de músicas da playlist que ele fez pensando em mim. Deslizo por entre os títulos conhecidos.

Dona Ana suspira.

— Vocês estão com problemas — ela diz categoricamente. Faço que sim, sacudindo a cabeça devagar. — O que vocês dois estão querendo evitar? — ela quer saber, a inflexão em sua voz dando a entender que sabe mais do que transparece.

Resisto ao impulso de querer acobertar tudo; de dizer que só estamos tendo mais uma discussãozinha de amigos porque me intrometi demais na vida de Júlio, que, como ela já pôde perceber, é bastante reservado. Meus lábios se partem para falar, mas nada sai. Pelo contrário, sou inundado com as imagens e sensações da noite passada. Fecho os olhos.

— Júlio e eu... estamos com um conflito de interesses... — Mordo o canto do lábio. Não é totalmente a verdade, mas não deixa de ser.

Dona Ana estreita os olhos para mim. Ela balança a cabeça enquanto pondera, a cabeleira cheia e negra chacoalhando levemente.

— Quer ouvir o conselho de uma velha divorciada? — ela pergunta.

A princípio, hesito. Por fim, abaixo a cabeça uma vez em afirmativa.

— As pessoas são muito teimosas. A gente pode levar a vida inteira pra aceitar certas coisas, por mais incríveis que sejam, só porque temos medo do resultado. Às vezes, a gente quer se preservar — ela diz, e sinto um tom amargo em sua voz enquanto fala. Como se ela guardasse algum rancor ou desapontamento a respeito de suas atitudes passadas. — Mas, quando chega na minha idade, você começa a se perguntar por que não tomou uma atitude, por que se contentou com tão pouco quando sabia que poderia ter mais. Eu tenho minha carga de culpa nas coisas que aconteceram na minha vida e não tenho mais muito tempo pra ajeitar tudo. Mas você... no auge dos seus vinte-e-poucos... ah, garoto, larga mão de ser pamonha e se arrisca um pouco!

Meus olhos se arregalam e explodo em uma gargalhada.

Dona Ana, parecendo muito satisfeita consigo mesma, assiste enquanto eu me dobro e afugento as lágrimas dos olhos.

— Você parece a minha vó! — digo em meio ao riso.

Ela assente.

Giro o corpo no assento do passageiro para poder vê-la melhor. Em seu rosto, há algo de triste; eu engulo a risada.

— Quando aprendeu isso? — pergunto aos sussurros.

— Depois que perdi o amor da minha vida. — Dona Ana ergue o queixo, moldando em determinação, e um tiquinho de bom humor, a tristeza que há pouco suavizava os contornos do seu rosto. — Por isso te digo pra aceitar o incrível, Caetano — completa. — Por mais que você tenha dificuldade em acreditar que pode ser algo muito bom... Olha, às vezes só é muito bom mesmo.

Estou boquiaberto e não tenho o que falar. No momento em que as palavras voltam a mim, Júlio enfia a cabeça dentro do carro para abrir o porta-malas. Zipo os lábios. Se dona Ana percebe algo, guarda para si. Júlio direciona um olhar para mim, cheio de vincos na testa.

— Pode me dar o celular? — ele pede. — Preciso ver como trocar um pneu.

Entrego o celular.

— Espera — dona Ana chama nossa atenção. Os olhos pretos saltam das órbitas. — Você não sabe trocar o pneu do seu carro?

Mesmo de cócoras, Júlio se empertiga.

— Eu sei — diz ele. — Com ajuda.

Dona Ana sacode a cabeça, abre a porta e põe as pernas para fora.

— Vem. Vou te ensinar a trocar o pneu.

Júlio segue dona Ana com os olhos antes de me devolver o celular e se juntar a ela. Saio do carro e acompanho o desenrolar recostado na mureta que contorna a estrada, o metal quente mesmo sobre as camadas de roupa, vendo os topos de suas cabeças enquanto trabalham na troca do pneu. Ligo o som, coloco a playlist em modo aleatório e me pego refletindo sobre o que dona Ana falou. Pesco o iPad da mochila e começo a desenhar. Subo cada alteração para a nuvem. No tempo que leva para o upload acontecer, flagro no espelho lateral vislumbres de dona Ana e Júlio. Eles conversam; embora eu não consiga ouvi-los, me pergunto se dona Ana está tendo o mesmo diálogo que teve comigo há pouco. Seja o que for, Júlio a ouve com atenção e deixa que a mulher, em meio a um sorriso gentil, toque seu ombro.

Além da música tocando, dos carros que passam zunindo ao nosso lado e dos caminhões nos sacudindo quando nos ultrapassam, o interior do carro está tranquilo. Júlio está focado em dirigir, dona Ana ocupa seu tempo com a leitura de algum livro sobre arte, e eu me debruço sobre a nova página da minha *webcomic*. A cada pedágio, entrego o dinheiro contado a Júlio antes mesmo que ele o peça; ele não agradece em voz alta, dá um sinal com a cabeça ao esperar a cancela levantar e segue viagem. É um sistema bastante prático e funcional. Especialmente porque, calados, evitamos outra discussão e mais pneus furados no meio de uma rodovia estadual. Todo mundo ganha.

Estou compenetrado demais na coloração e, ao chegarmos no penúltimo pedágio, me atrapalho para pegar o dinheiro na carteira. Júlio é paciente. Dou o dinheiro, ele paga, guardo a carteira, a cancela abre, seguimos viagem. O mesmo processo de sempre.

Retomo a pintura. Júlio pigarreia.

— Como vai o desenho? — ele pergunta, a cabeça levemente inclinada na direção do iPad no meu colo.

— O desenho vai bem. Só essa internet de bosta que não ajuda — resmungo. — Tá demorando uma vida pra subir as alterações pra nuvem.

— O que você desenha? — dona Ana quer saber, e noto que ela pausou sua leitura, o dedão marcando a página do livro posto no banco ao seu lado.

— Quadrinho — respondo. — Uma *webcomic*, na verdade. Sobre dois ex-piratas alienígenas que vão em busca de um tesouro perdido para conseguir uma recompensa e salvar o restaurante-barra-apartamento em que moram.

— Criativo — ela diz, uma sobrancelha erguida e o canto dos lábios torcidos em aprovação. Sinto o rosto arder. Agradeço com um aceno. — Sabe, eu também gosto de pintar — dona Ana confessa. — Nada como alienígenas caçando recompensa no espaço, mas me faz muito bem.

Ela tira o celular da bolsa, toca em alguns pontos da tela, e entrega o aparelho para mim. Admiro de queixo caído as pinturas em tela de dona Ana. Suas pinceladas são precisas, carregadas de sentimento, compondo imagens lindíssimas.

— São muito parecidos com os quadros da pousada — digo. Noto dona Ana se aprumar no banco traseiro. — Foi você quem fez aqueles também?

— Sim — confirma. — Aquela pousada é também a minha galeria.

Sorrio.

— São muito boas mesmo.

Ela sorri, agradecida.

No banco do motorista, Júlio fecha a cara. Os braços, esticados despreocupadamente até o volante, ficam tensos nos ombros. Ele inspira e segura o ar.

— Está tudo bem? — murmuro.

Júlio se limita a apontar com o queixo um trecho mais à frente na rodovia. O trânsito se afunila em uma fila única de carros, diminuindo o fluxo. Escondidas por trás de uma van escolar, três viaturas da polícia rodoviária, os policiais de pé, fardados em roupas pesadas demais para o clima quente, pedindo que os motoristas encostem para abordá-los em seguida.

— Ah...

O clima dentro do carro é de apreensão a cada metro mais próximo da blitz. Quando chega nossa vez, já devolvi o celular de dona Ana, as pinturas longe da minha mente, e me ajeitei no banco, me certificando de que o cinto está bem preso. Entretanto, Júlio é quem parece mais nervoso, o canto da boca preso entre os dentes, as narinas infladas.

— Carteira de motorista e documentos do carro — pede a policial, uma mulher metida em camisa azul escura, colete preto onde se lê PRF e calça bege, o cabelo loiro preso por um boné do mesmo tom de azul da camisa.

Júlio entrega os documentos com os dedos surpreendentemente firmes. A policial se afasta, dobrando-se para dentro de uma viatura, onde conversa com um outro policial.

Dona Ana ergue o livro na altura do nariz, deixando os olhos bem visíveis. Não preciso olhá-la para saber que sua atenção está longe das páginas à sua frente, mas ela vira a página mesmo assim.

Sinto que devo fazer o mesmo, então tento acalmar as batidas no peito e baixo os olhos para a pintura incompleta no colo. Antes que possa pegar a caneta, porém, meu telefone vibra no bolso. Tiro-o de lá e encontro uma mensagem da minha vó: "A NOITE FOI BOA, HEIN? USARAM CAMISINHA? POR QUE NÃO CONTA PRA VÓ?". Engasgo, dividido entre o choque, a vontade de rir e pura vergonha. Agora que as insinuações da vó Cecília se tornaram reais...

— Ei — Júlio me chama, fazendo "psiu". Dou os olhos pra ele. — Você está bem? Tá meio... vermelho.

— AHAM — respondo; alto demais, rápido demais. Júlio me fita com curiosidade.

A policial loira volta. Sinto calor por todo o rosto. Ela devolve os documentos para Júlio, deseja "boa viagem", mas seu olhar recai curioso sobre mim enquanto fala. Ela franze o cenho, os lábios repuxados como quem esconde tanto um sorriso quanto uma pergunta. Por fim, ela sinaliza para que sigamos em frente.

O carro tiquetaqueia quando Júlio dá a seta em direção à estrada. Deslizamos de volta para a rodovia, seguindo a corrente dos outros carros. Neste momento, pego o celular e digito uma mensagem furiosa para dona Cecília. Então penso que não quero dar o gostinho a ela, dizer que sim, usamos camisinha, porque daí ela vai saber. A última coisa que essa velha precisa é saber que estava certa; Júlio e eu seríamos um casal aos seus olhos, e isso não pode acontecer. Apago a mensagem original e digito outra: "Chegaremos para o almoço. Tenho uma surpresa".

Ao abaixar o celular, o calor se intensificando no pescoço e nas bochechas, reparo que a internet fez seu trabalho e as alterações desta página da *webcomic* já estão na nuvem. Deito a cabeça no encosto do banco, respiro. A paisagem não muda muito - no lugar das árvores espaçadas, dá pra ver um prédio grande aqui e ali, indústrias, as margens de uma cidade pouco mais afastada de Santo André. O sol castiga, cobrindo tudo com sua intensa luz branca e fazendo até com que o ar-condicionado pareça mais fraco.

— Caetano — Júlio torna a me chamar, a voz baixinha feito um sussurro.

— Hmmm?

Nos aproximamos do último pedágio. O trânsito está mais intenso aqui, com menos pistas, mas ainda avançamos. Alguns motoristas mais aventurados voam com seus carros ao passo que Júlio dirige pela via central.

— Quer fazer uma parada? — Júlio pergunta.

— Você quer? — retruco. Ergo os olhos do desenho quase pronto. — Está cansado?

— Não, não — ele sacode a cabeça, embora mantenha os olhos treinados no movimento da estrada. Um motorista corta a nossa frente para o lado, atrasando os demais carros. Júlio desacelera. — Só estava me perguntando se você não está com fome, se queria esticar as pernas...

— Não.

Calado, Júlio assente.

É engraçado como a gente sabe que o outro tem alguma coisa a dizer. As palavras refreadas dão pinta de escaparem na curva que a boca fechada faz, a linha fina e pálida dos lábios feito uma cela. Algo no modo como as ações ficam mais mecânicas quando a mente viaja para outro lugar; como agora, quando Júlio pisa no freio de novo, as sobrancelhas unidas, e não xinga quando outro carro à frente faz uma curva inesperada e tira o trânsito do eixo. Sei que há uma conversa ali, mas não vou ser eu a começá-la dessa vez - já basta o incidente do buraco mais cedo.

Dona Ana vira página atrás de página do seu livro. É um som reconfortante em meio ao silêncio constrangedor dentro do carro, esse engasgo de coisas não ditas. A playlist deve ter acabado, mas tem alguma música pop tocando baixinho no rádio. Ao fundo, uma sucessão de buzinas e xingamentos.

— Ei — Júlio chama novamente. — Como acha que a sua vó vai reagir? — sussurra, com a cabeça indicando dona Ana sentada no banco de trás.

Penso um pouco. Imaginava voltar para Santo André com o antigo amor da minha vó, mas, conhecendo dona Cecília como conheço, sei que ficará feliz em reencontrar uma velha amiga. Cochicho o raciocínio para Júlio, que me devolve outra pergunta.

— Acha que vai ficar chateada ao descobrir que Didi morreu?

Essa é uma resposta difícil. Como dizer para alguém que os dois amores de sua vida estão perdidos para sempre? Até hoje a vó sente falta do vô Berto. Essa viagem, o propósito dela era trazer alguém de volta para a vida da vó Cecília. Saí de casa com a expectativa de trazer boas notícias, a esperança de dar uma segunda chance ao amor – e à vida – da minha vó; estou voltando para casa com a certidão de óbito de Didi, e com sua irmã a tiracolo.

Fito Júlio e mordo o canto do lábio, sentindo o peito doer e a respiração se intensificar. Em algum momento, dona Ana parou de passar as páginas de seu livro.

Júlio enrola os dedos no volante, os nós esbranquiçados. Preciso dizer... qualquer coisa. Algo que o faça entender, que me faça entender. Que foi mais do que eu esperava. Que ele é mais do que eu esperava, da maneira mais maravilhosa possível. No entanto, não podemos. Seja lá o que for, tudo fica preso na garganta e não consigo falar.

Atrás de mim, dona Ana limpa a garganta e dá uma joelhada no meu banco. Arregalo os olhos para a mulher pelo retrovisor. Ela finge que não vê.

Ao mesmo tempo, o carro à frente corta para a pista do lado, gerando uma sinfonia de buzinas irritadas. Júlio tenta se segurar, os dentes trincados esbravejando palavrões ao tentar manter o controle, mas o carro inteiro sacode violentamente após um estouro.

Quando o carro se estabiliza, meio caído para a esquerda, estamos os três um tanto esbaforidos – os óculos de Júlio escorregaram da ponte do nariz; os cabelos de dona Ana desgrenhados, seus próprios óculos de leitura presos ao corpo unicamente por uma cordinha. Júlio nos leva para o acostamento, atrás de outros dois carros.

— Estão todos bem? — ele pergunta ofegante.

Dona Ana e eu resmungamos um "sim". Júlio abre a porta e salta para fora. Ele chuta o pneu frontal esquerdo, solta uma gargalhada sem humor e enfia os dedos nos cabelos.

— Só pode ser brincadeira... — gemo.

— Eu não vi outro pneu lá no porta-malas — dona Ana pontua, a expressão preocupada.

— Porque não tem outro pneu. — Suspiro. — Estamos presos.

Capítulo 11

"Tinha uma pedra no meio do caminho."

Nunca esqueci esse poema. É uma daquelas poucas informações que te acompanham depois da escola e você pensa "hmmm, quando isso vai ser necessário?", tipo os trocadilhos sacanas de física – sorvete, sorvetão ou vovô e suas duas amigas safadas – e a bendita fórmula de Bhaskara. Depois do vestibular, foi isso o que ficou: um conhecimento meio plano de coisas que não sei exatamente quando usar, a não ser o óbvio, e que de vez em quando me vêm à mente.

Também foi o que Júlio nos disse, o tom mal-humorado e a expressão cansada, após conversar com o motorista do carro à frente, que também fora incapaz de desviar da pedra e teve seu pneu rasgado. De pé ao lado do carro, Júlio usa a mão feito viseira, protegendo os olhos da luz do sol, a fim de encontrar a pedra. Faço o mesmo do meu assento, prensando a testa contra a vidraça da janela; porém, é difícil enxergar em meio aos carros passando à toda velocidade.

Uma mulher alta, pele cor de oliva e cabelos escuros na altura dos ombros, sai do único carro junto ao nosso no acostamento – o primeiro carro dera a partida logo que estacionamos – e sorri acanhadamente para Júlio.

— Vocês precisam de ajuda com o pneu? — oferece ela, uma cabeça mais baixa do que Júlio.

Ele sacode a cabeça em frustração.

— Não temos estepe — responde, amargurado. — É a segunda vez que furamos o pneu hoje.

A mulher põe a mão no ombro de Júlio, solidária. Então se volta para dentro do nosso Fiat Uno, lançando um olhar gentil ao nos cumprimentar com um mexer de lábios formando um "oi". Aceno um tchauzinho para ela, e dona Ana move a cabeça. Júlio tem os olhos fixos no carro da mulher. Através do vidro traseiro, notam-se duas cadeirinhas infantis.

Júlio passa a mão no rosto.

— Está tudo bem. — Suspira. — Você deveria ir — diz ele. — Vamos ficar bem. Cuide das crianças.

Já dentro do carro, a mulher aperta a buzina duas vezes, acena pela janela do motorista. Dá a partida e seu Renault Clio pequenininho desaparece no rio de carros que percorrem a pista.

— Você tem seguro? — dona Ana pergunta em voz alta. É a primeira coisa que fala desde que paramos.

Com um suspiro, Júlio ocupa o banco do motorista, calado, e recosta a testa no volante.

— Um seguro pro meu carro custa um dinheiro que eu não tenho — Júlio diz, a voz abafada pela posição. Dona Ana se empoleira na beirada do banco para ouvi-lo melhor; faço o mesmo. — Tenho uma trava de segurança pra impedir que o carro seja roubado — confessa. — Também evito deixar coisas de valor aqui dentro.

Dona Ana parece incomodada. Não reclama, não bufa, não demonstra insatisfação – ela torce o rosto naquela expressão entristecida de quando algo inevitavelmente ruim acontece. Ela simplesmente pega o celular da bolsa e, tal qual a mulher do Clio, apoia a mão suavemente no ombro de Júlio.

— Vou chamar um guincho — diz.

Júlio me dá um olhar triste de canto. *Vai ficar caro*, ele quer dizer. Assinto devagar. *Eu te ajudo com o dinheiro*, digo sem fazer som. *Tá bem*, ele diz de volta.

Dona Ana entrega o telefone a Júlio. Ele toma seu tempo até que alguém atenda e tenta passar todas as informações para o guincho. Afundo no banco do carona, exausto. Isso vai levar o dia todo e já estou sentindo fome. Devia ter aceitado a oferta de parar e esticar as pernas.

Dona Ana me acerta com tapas apressados no braço. Viro para vê-la melhor e seu rosto está lívido, os olhos arregalados focados no retrovisor. Levanto o olhar para encontrar o que quer que ela esteja vendo. O reflexo do cano de uma arma grudada à têmpora de dona Ana ocupa todo o espelho. Giro assustado para o lado e dou com Júlio, o cano preto da arma afundado nos seus cachos escuros.

— Sai do carro — o rapaz que aponta a arma para Júlio, vestindo um capacete de moto, diz. — ANDA!

Saímos aos tropeços. Mais três garotos nos cercam quando estamos no acostamento, um deles, alto e magricela, a pele branca suja de terra, me força a ficar ao lado de Júlio e dona Ana, escondidos atrás do Fiat Uno.

— Passa o celular, a carteira e tudo o que der dinheiro — o Capacete de Moto manda, o tom autoritário, e engatilha a arma. O clique metálico faz todo o sangue do meu corpo gelar; meus membros ficam pesados e, de repente, tudo o que sei fazer é tremer. Júlio é o único que se mexe, hesitante, ao se encolher para dentro do carro, tirar o celular do suporte e entregar ao ladrão.

Dona Ana e eu não nos mexemos. O Capacete de Moto faz aceno com a cabeça, o cano da arma colado à cabeça de Júlio. Os três outros assaltantes começam a vasculhar nossos corpos, enfiando as mãos nos bolsos e tocando nas nossas partes íntimas em busca de qualquer item de valor que tenhamos escondido. Enquanto o outro entra no carro e remexe nossas bolsas e mochilas, somos despojados de nossos celulares, carteiras e relógios.

— Por favor — Júlio pede —, tenham calma...

O Capacete de Moto desliza a arma pelo cabelo escuro de Júlio até que a boca da arma beije a pele suave da têmpora de Júlio, que fecha os olhos. O mundo ganha ondulações às bordas e percebo que estou chorando. As gotas rolam depressa pelo rosto. Algo metálico, quente, cutuca minhas costelas.

— Fica quieto — o garoto ao meu lado diz.

Incapaz de fazer qualquer coisa, eu vejo Júlio e dona Ana assistirem enquanto cada objeto é levado. Dentro do carro, o garoto procura debaixo do banco do passageiro e solta um assobio ao encontrar o iPad. Ele pega o cooler, há muito vazio, enfia tudo dentro e faz sinal para os outros. Os quatro se embrenham no meio do trânsito, seus corpos sumindo depressa ao som de buzinas furiosas e pneus cantando no asfalto, mais depressa do que a sensação do metal contra meu corpo ou a memória da arma apontada para dona Ana ou Júlio. Tenho um último vislumbre do cooler da minha avó desaparecendo atrás do muro que ladeia a outra margem da pista.

Dona Ana se mantém impassível.

Continuo tremendo, os olhos esbugalhados ardendo com as lágrimas secas.

Júlio ocupa o posto ao meu lado. Quando eu o encaro, ele parece estar totalmente perdido, como se o mundo tivesse desacelerado e ele não conseguisse se mover em velocidade normal; cada passo, suas piscadas, até mesmo o toque de sua mão na base da minha coluna é vagaroso demais, frágil demais. Seu olhar encontra o meu; seus dedos se fecham na minha camiseta e sinto os nós ossudos contra a coluna.

Júlio me envolve em um abraço enquanto eu choro.

— Precisamos sair daqui — dona Ana diz num murmúrio soturno. — Precisamos sair ou vamos continuar sendo alvos. E agora que não temos mais nada de valor... — Deixa a frase suspensa, muito embora não precise completá-la. Ela é cautelosa ao se esgueirar para dentro do carro e pegar sua bolsa, depois a minha mochila.

Concordo com a cabeça. Seco as lágrimas com as costas das mãos e fungo. O corpo reage de maneira horrível, inchado, molhado e apavorado. Ela tem razão. Se ficarmos, vai ser pior.

— Não estamos longe do próximo pedágio — Júlio diz.

Passo a alça da mochila sobre os ombros. Está muito leve, quase parece errado.

Júlio tranca o carro e lança uma última olhada para seu Fiat Uno, abandonado às margens da rodovia.

Dona Ana pega nós dois pela mão, apertando-as de maneira reconfortante, e então caminhamos pelo acostamento.

A delegacia de polícia para onde nos trouxeram em Santo André é do tamanho da casa da vó Cecília. A recepção é grande, com o pé direito alto, uma bancada de concreto e mármore onde os reclamantes e policiais de papo apoiam seus cotovelos. As lâmpadas fluorescentes dão uma iluminação pálida à paleta de cor clara do lugar, uma mistura perturbadora de gelo, branco e azul-bebê.

A viatura da polícia rodoviária que nos trouxe já partiu há muito. O policial, um homem de cara lisa e barriga proeminente sob o colete preto, deixou seus dados, nos desejou boa sorte e disse que tinha que voltar ao posto. Ele disse palavras reconfortantes durante o caminho e nos ofereceu água para nos acalmarmos. Um homem muito diferente do que o policial com quem Júlio conversa agora.

Este é a personificação de um policial caricato: branco, quarenta-e-poucos anos, meio parrudo, cabelo preto curto e um grosso bigode negro. Por um segundo, achei que pudesse ser algum tipo de piada. Contudo, conforme Júlio discorria sobre o assalto, ele mantinha uma pose de completo desinteresse, os braços cruzados no peito e as sobrancelhas arqueadas como quem diz "Aham, prossiga".

Um escrivão franzino digita muito rápido ao lado do Sr. Policial. Ele nem sequer levanta os olhos da tela do computador até que Júlio tenha terminado.

— E onde exatamente o roubo aconteceu? — o Sr. Policial demanda pela milésima vez. Ele não soa curioso por uma informação que o leve a solucionar um caso; o canto de sua boca se ergue num sorriso debochado.

Travo a mandíbula e cerro os dentes. Júlio apenas suspira.

— Em algum lugar entre os últimos dois pedágios pra Santo André — ele repete, incomodado. — Não sei exatamente onde, mas tínhamos acabado de passar por uma cidadezinha...

O Sr. Policial solta uma gargalhada zombeteira.

Júlio e eu trocamos um olhar. Pelo canto do olho, vejo dona Ana sentada em uma das cadeiras acolchoadas presas ao chão, lendo seu livro, a capa um tanto amassada.

— Vocês realmente não viram a pedra no meio da estrada? — o Sr. Policial interpela, preso entre o divertimento e a decepção. Júlio e eu negamos. Ele estala a língua. — Ali, essa é uma tática de roubo muito usada. Todo mundo sabe disso. Me desculpa, mas vocês foram ingênuos demais! — Ele sacode a cabeça, bem-humorado. O escrivão toma nota em silêncio, o teque-teque das teclas somado ao som do ventilador preso à parede, girando. — Existe uma comunidade na cidadezinha ali que vem dando trabalho pra polícia. Vocês deviam ser mais espertos.

— Então por que você não faz alguma coisa a respeito? — disparo.

Júlio me dá uma olhada mortal. O Sr. Policial, por outro lado, me encara com humor.

— Achei que a responsabilidade pela segurança dos motoristas fosse da polícia — continuo, imitando sua pose e cruzando os braços —, especialmente tendo em vista todos esses roubos que o senhor falou.

O Sr. Policial finalmente me dá sua atenção, descruzando os braços e apoiando uma mão no balcão de mármore.

— Não é responsabilidade minha — ele diz entredentes e um sorriso amarelo.

— Ser roubado também não é responsabilidade minha — retruco. — Mas, se alguém estivesse fazendo seu trabalho, nós não teríamos tido armas apontadas pra nossa cara ou sido roubados.

O Sr. Policial e eu nos encaramos por um longo momento. De repente, me dou conta de que estou respondendo a um policial dentro de uma delegacia, e meu corpo tensiona com a chance de ser detido por desacato à autoridade. Júlio intervém, se colocando entre o policial e mim.

— Então, o senhor já tem tudo o que precisa? — ele diz, tentando amenizar o clima.

Apesar dos pesares, espero que meu olhar continue fuzilando o Sr. Policial. Júlio tenta me acalmar desenhando círculos na base de minhas costas. Pelo último olhar que o policial lança para mim, dá pra ver que decide que não vale a pena discutir.

— Sim — ele responde de má vontade. — Podem ir. — Ele nos dispensa com um aceno de mão.

Júlio praticamente me empurra pela base da coluna até as cadeiras acolchoadas onde dona Ana aguarda, a leitura pausada. Durante o caminho, noto o quase sorriso de Júlio, preso entre os lábios em linha, e me sinto melhor.

Desmontamos sobre as cadeiras – bastante desconfortáveis apesar do acolchoamento – e os músculos do corpo relaxam de imediato. Cruzo os tornozelos à frente, sentindo alívio por não estar mais de pé. Dona Ana pousa a mão sobre minha coxa, os dedos tamborilando a pele sob a bermuda.

— Não sabia que você seria tão idiota a ponto de brigar com um policial — ela diz, os olhos brilhando com o sorriso. — Admiro sua estupidez e coragem.

Dou uma risada sem humor e me pego fitando as costas do Sr. Policial. Dona Ana bate na minha coxa com força, e diz, num silvo:

— Para de olhar feio antes que seja preso.

Me forço a olhar a única televisão do local, um modelo pequeno de tela plana, ligada num desses folhetins sombrios que só passam notícias sobre morte, assalto e afins. Júlio faz um som cansado ao meu lado. As mãos seguram o rosto, marcado de suor seco da caminhada até o último pedágio, os olhos fixos e desfocados, perdidos.

Após o que parece uma vida, o Sr. Policial some por um corredor longo e largo, deixando o escrivão acompanhado por mais dois policiais que fazem serviço de mesa. Eu me levanto, dou uma última olhada em Júlio, e avanço até o balcão sob o olhar curioso de dona Ana.

— Oi! Tudo bem? — digo para o escrivão, que apenas ergue os olhos da tela de seu computador, sem demonstrar qualquer emoção. Limpo a garganta. Sorrio. — Você se importaria se a gente usasse o telefone de vocês bem rapidinho?

O escrivão, de rosto fino, pele cor de salmão e camisa azul quadriculada, umedece os lábios com a ponta da língua, como se estivessem ressecados após tanto tempo sem uso.

— Tem um orelhão ali — ele diz, apontando o indicador longo e igualmente magricelo para um telefone público com tinta azul-escura descascando preso à parede oposta. — Ele ainda funciona. Pode usar.

Observo a relíquia telefônica, pouquíssimo impressionado.

Volto para o escrivão, desta vez garantindo que estou usando meu melhor sorriso, o tom de voz certo, e até tirando os cotovelos do balcão.

— Por favor? — peço de novo. — Não tenho como fazer um telefonema a cobrar. A casa não aceita. E não temos como voltar pra casa sem uma carona. — Pisco os olhos e respiro fundo. — Por favor, eu juro que vai ser rápido.

O escrivão revira os olhos, mas se levanta da cadeira, os ombros inclinados para frente, e vem até o balcão. De trás, ele tira um telefone com fio, colocando-o em cima do balcão. Antes que se afaste, eu agradeço. Ele retribui com um sorriso sem jeito e uma expressão confusa, então senta em sua cadeira e volta a pressionar suas teclas.

É preciso três tentativas até eu me lembrar do número certo.

— Pra quem você vai ligar? — Júlio pergunta, o cenho lindamente franzido.

— Anastácia — respondo.

Ele aquiesce. Dona Ana se vira para ele, confusa. Ele a informa dos detalhes. Tássia atende no terceiro toque.

— Alô?

— Tássia? Será que você pode me ajudar? Tô com problemas.

Do outro lado da linha, minha prima solta uma risada.

— Que foi, precisa de alguém pra te tirar da cadeia? — ela brinca. Ao ser respondida com silêncio, seu tom de voz fica sóbrio e ouço o tilintar das chaves sacudindo no ar. — Em qual DP você está?

— O que aconteceu? — Tássia dispara assim que bato a porta do carro da tia Rita. Ela não espera que eu ponha o cinto de segurança ou respire, satisfeito por estar fora daquela delegacia. Liga o carro, dá a partida e inicia seu interrogatório. — Onde vocês dois foram? — Ela se vira para fitar Júlio no banco detrás. Seu olhar recai sobre dona Ana. Ela a admira, surpresa. — E quem é essa?

— Hmmm... fomos assaltados enquanto voltávamos da praia — digo, porque é verdade e estou com preguiça de elaborar mais do que isso.

Anastácia assente.

— E o que vocês dois foram fazer nessa praia? — ela continua. — Se iam passar o ano-novo por lá, por que voltaram? Por que não foram em uma delegacia da cidade em que estavam?

Noto o reflexo de Júlio abrindo a boca, embora não diga nada. Suspiro.

— Tássia, por favor? — imploro.

Ela me lança um olhar inquisidor. Quer que eu lhe dê respostas; bastante justo, considerando que pedi a ela que viesse buscar a mim e outras duas pessoas em uma delegacia, sendo uma delas total desconhecida. Viro o rosto para encará-la melhor. Após um momento, ela suga os dentes e suspira.

— Tá. — Ela aceita a derrota, a contragosto. Aponta para dona Ana, sentada logo atrás dela. — Mas quem é essa?

— Uma amiga da vó — respondo, sem dar tempo para que dona Ana o faça. Se ela se importou, não demonstrou.

— E o que aconteceu com seu carro? — Anastácia faz a pergunta diretamente para Júlio.

— Chamamos um guincho — ele diz, sem responder exatamente à pergunta. — O carro já deve estar estacionado do lado de fora do prédio a essa hora.

— Deu tempo? — pergunto, enfiando a cara no pequeno espaço entre o encosto de cabeça do banco e a lateral do carro de modo a ver o rosto de Júlio.

Ele faz que sim com a cabeça.

— Que bom! — Me arrumo de volta no banco, mais calmo.

— Tássia — Júlio diz, um tanto hesitante. Minha prima e eu olhamos para seu reflexo no retrovisor. — Pode me deixar na estação de trem, por favor?

Anastácia diz que sim, girando o volante para a saída que leva até a estação, e eu tenho um sobressalto.

— Quê? Não. Fica com a gente hoje. Amanhã meu pai pode te dar uma carona. Você precisa descansar.

Júlio balança a cabeça de um lado para o outro.

— Não, eu preciso ir — ele diz. — Minha mãe vai estranhar ver o carro no estacionamento sem mim. E estou sem celular, então...

— Você pode ligar da casa da vó. — Viro o corpo para trás, quase me ajoelhando no banco. Anastácia chia, mas não me proíbe. — Fica, vai.

Embora tivesse mantido a cabeça erguida esse tempo todo, só agora Júlio encontra meus olhos. À parca luz do carro, seus olhos brilham num tom quase oliva. Engulo em seco.

— Por favor — peço.

— Preciso ficar sozinho — ele diz por fim. Seu olhar me atravessa, opaco, magoado, derrotado.

— Tudo bem — digo num borocoxô. — O que achar melhor. — Tento sorrir.

Júlio esboça um "valeu" e o carro cai no silêncio das vias urbanas de Santo André. Após um momento calados, Anastácia abre um compartimento do carro repleto de notas de dinheiro amassadas e moedas. Ela esbarra os dedos nas moedas até encontrar uma nota de cinco reais remendada com fita adesiva e a entrega para Júlio.

— Obrigado — ele diz.

Rápido demais, chegamos à estação, piscando com luzes natalinas e apinhada de gente. Vendedores ambulantes oferecem seus produtos aos transeuntes e até perguntam se vamos querer alguma coisa. Anastácia para o carro e liga o pisca-alerta.

Júlio vai embora com um aceno de cabeça e nada mais.

Tássia espera até que o trânsito lhe dê passagem. Acompanho-o com os olhos enquanto ele entra nas catracas antiquadas da estação e se perde no mar de gente. Quando o sinal abre para nós, Anastácia dirige.

O caminho para a casa da vó Cecília é tão familiar que chega a ser reconfortante. Conheço essas ruas desde pequeno. Sei quando abandonamos o centro comercial e nos embrenhamos pela área residencial da cidade, com suas árvores baixas e casinhas miúdas. Abro um pouco da janela e inspiro. Sinto saudade do ar da praia, do cheiro de mar que invade a pousada de dona Ana e do perfume de Júlio.

— O que aconteceu entre você e o Jú nessa viagem? — Anastácia quer saber. Ela está preocupada, dá pra notar. Balanço a cabeça. Não quero falar sobre isso. Então minha prima se direciona à passageira silenciosa. — Aconteceu alguma coisa entre esses dois?

Dona Ana comprime os lábios numa linha apertada e estala a língua.

— Sei tanto quanto você — é o que ela diz, o mais naturalmente possível.

Anastácia parece acreditar nisso pelo modo como dá de ombros e se concentra em dirigir. Mas eu sei que ela mente.

Mais alguns minutos e já posso ver a casa da vó, o casarão grande que ela e meu vô construíram décadas atrás para sua família sempre crescente. Ela parece maior do que nunca, as paredes e as janelas altas demais, o portão cada vez maior conforme nos aproximamos da calçada e Tássia estaciona no meio-fio.

Solto o ar pesadamente.

Anastácia começa a tagarelar sobre os eventos dos últimos dois dias; como a tia Rita vem recebendo ligações estranhas dos irmãos e irmãs, as quais ela atende com pesar e normalmente terminam em algum tipo de discussão ou a aceitação resignada de quem perde uma briga e reconhece sua derrota.

— É estranho — ela continua, puxando o freio de mão e fechando as janelas — que até o tio Beno foi lá em casa noite passada. Eles ficaram conversando a noite toda e nem vi quando seu pai foi embora — diz, cautelosa. Repousa os olhos em mim como se eu soubesse de mais alguma coisa que não vou contar. Fios castanhos dançam ao seu redor quando ela sacode a cabeça espantando o pensamento. — Deve ser uma dessas coisas de irmão. Eu não saberia dizer com certeza, já que sou filha única.

Com um dar de ombros, Anastácia pula para fora do carro e se apressa para dentro da casa da vó.

Logo atrás, dona Ana observa a construção cor-de-rosa através da janela do carro, praticamente beijando seu próprio reflexo. O vidro condensa onde sua respiração, mais acelerada, se espalha. Ela toca a superfície, deslumbrada.

— Então é aqui que a Cecília mora... — suspira.

— É. Construíram a casa no finzinho dos anos oitenta, quando já tinham juntado uma boa grana — comento, lembrando da história que meu vô sempre contava quando eu era pequeno. — O vô Berto era quem ficava mais em casa, e era difícil trabalhar e cuidar dos seis filhos em um comodozinho no quintal de trás da casa do bisa.

— Berto — ela ecoa, soando um tanto quanto perdida. — De Roberto?

Franzo a sobrancelha.

— É.

Dona Ana assente sem tirar os olhos da casa.

Desvio o olhar da mulher para o portão aberto. Todas as luzes estão acesas, lançando retângulos amarelos sobre a grama do quintal. Sombras atrás das cortinas indicam que Anastácia e minha vó estão conversando na sala, e, quando uma sombra menorzinha se aconchega para espiar pela janela do corredor, sei que é a vó Cecília, curiosa como só.

Meu coração dispara. Esfrego as palmas suadas na bermuda.

— Você tá pronta? — pergunto à dona Ana.

A mulher dá uma risada nervosa, mas fica em silêncio.

— Não — responde um tempo depois.

Ainda assim, é a primeira a abrir a porta.

Capítulo 12

Dona Ana dá um passo vacilante à frente no corredor da casa. Olha ao redor, absorvendo a decoração, os móveis, demorando-se nas fotos de família espalhadas por todo o lugar. Deixo-a pegar uma foto antiga, um dos poucos registros do casamento dos meus avós, da mesinha ao lado da porta enquanto a tranco - felizmente, as chaves de casa não tinham valor para os bandidos da estrada.

A casa cheira a janta, reconheço o som da panela de pressão chiando desde a cozinha.

— Acho que não tinha entendido o quanto sua família é grande — dona Ana comenta, os dedos resvalando em outra foto, esta mais recente.

Dou um meio sorriso.

O modo cuidadoso com que dona Ana se move, como se estivesse pisando em um museu, é novo - muito distante da mulher forte em suas sandálias, calças leves, traços fortes e cabelos esvoaçantes. Aqui, na casa onde praticamente toda a minha família foi criada, dona Ana parece menor. A blusa verde sem mangas e a calça cor de areia despojada, o cabelo black power, salpicado de fios brancos à luz da lâmpada do corredor, levemente desgrenhado, e as sandálias pretas pertencem àquela mulher da praia, dona de uma pousada aparentemente lucrativa; porém, a mulher à minha frente se parece mais com um passarinho amedrontado.

Vozes flutuam da cozinha, acompanhadas de passos.

— Eu não me lembro de nenhuma amiga minha chamada Ana, Tássia — diz a vó, em alto e bom som.

— vó? — chamo.

— Leãozinho?

Dona Ana agarra-se às alças de sua bolsa e ergue o queixo.

A vó Cecília dá a volta na mesa de jantar, seus tufos de cabelo cor-de-rosa saltitando conforme caminha, e vem pelo corredor secando as mãos no avental. Ao avistar dona Ana, ela estanca, os olhos arregalados.

— Não pode ser... — murmura. Põe a mão no peito, subitamente ofegante, tentando acalmar a respiração.

Olho da minha vó para a convidada, pronto para socorrê-la caso precise de amparo. Na minha cabeça, uma voz grita que essa foi uma péssima ideia e que minha vó vai cair dura por minha causa. Prendo a respiração. A vó abre um sorriso, estica a mão para Ana.

— Didi?

Pisco os olhos para dona Cecília, completamente perdido. Meu olhar flutua de uma para a outra, minha boca se partindo em surpresa ao ver dona Ana deixar a bolsa cair aos seus pés e enlaçar os dedos nos da vó, trêmulos.

— Oi, Ciça — diz dona Ana, soltando o ar.

As duas se encaram por um longo tempo, a respiração ofegante, sorrindo docemente uma para a outra. Envolvem-se em um abraço apertado e trocam sussurros.

— Eu senti tanto a sua falta — diz uma.

— Ah, que isso. A vida aconteceu, Didi... — diz outra.

— Sinto muito pela morte do seu marido.

— Ah, Didi. Não... Obrigada.

— Não consigo me perdoar. Todos esses anos...

— Shhh... Eu sei. Tá tudo bem.
— Você continua tão linda quanto antes, Ciça.
Anastácia aparece ao meu lado, vinda da sala de estar.
— O que é que tá rolando? — ela pergunta baixinho no meu ouvido, mas estou embasbacado demais para responder, então dou de ombros.
Quando vovó e dona Ana se separam, a vó com as bochechas ruborizadas, me volto para dona Ana.
— Você é a Didi das cartas.
A constatação soa mais como uma pergunta do que como uma afirmação. No entanto, dona Ana concorda com um leve aceno. Ela dá um passo à frente, enrolando-se nas alças da bolsa que derrubara e então se agacha para pegar a bolsa, e a vó a ajuda a coletar os poucos itens que não lhe foram roubados – o livro, um molho de chaves, alguns envelopes amarelados pelo tempo.
— Quem é Didi? — Tássia insiste.
Desta vez, eu respondo com uma versão resumida dos fatos.
— O amor de verão de muitos anos da vó.
Sua sobrancelha vai tão alto, arqueando de maneira impossível, que quase toca a raiz dos cabelos. De queixo caído, ela tenta falar, lançando olhares rápidos para as duas mulheres de cócoras devolvendo objetos caídos à bolsa, e de volta para mim.
Ao som das palmas da vó Cecília, nós dois giramos para encará-la.
— Preciso cuidar das panelas. Conto tudo pra vocês durante o jantar, tudo bem?
Tássia e eu fazemos que sim com a cabeça. A vó estala a língua, satisfeita, então se vira para dona Ana, Didi.
— Você janta com a gente, né?
— Sim, Ciça — Didi fala no tom mais gentil em que a ouvi falar nos últimos dois dias.

Dona Cecília estica os dedos para Didi, que entrelaça os seus na mão pálida, pontilhada de manchinhas de sol e idade, da minha vó, permitindo que ela a guie até a cozinha.

Anastácia e eu ficamos responsáveis por arrumar a mesa enquanto a vó termina o jantar. Dona Ana/Didi está bem acomodada à mesa redonda da cozinha, aquela que a vó e eu usamos para comer quando estamos só nós dois porque dá muito trabalho arrumar a mesa grande da sala de jantar. Uma vez que a janta está servida, a vó se despe do avental florido, pendura-o no encosto da cadeira, e se senta de frente para nós.

— Didi e eu nos conhecemos durante as férias em Ubatuba no início da década de sessenta, aos treze anos, quando não pude entrar no mar porque estava menstruada — a vó Cecília conta, brincando com o conteúdo de seu prato enquanto troca olhares divertidos com Didi. — Didi se sentou comigo e começamos a conversar. Com o passar dos anos, sempre que ia a Ubatuba, encontrava Didi. Ela era a minha melhor amiga na época. — A vó abandonou de vez os talheres e agora mantinha os olhos fixos em Didi. A mulher estendeu a mão sobre a mesa, os dedos negros longos enrolando-se nos de dona Cecília. — Certo dia, após termos mergulhado de um penhasco ao nascer do sol, estávamos jogadas na areia, tomando sol, quando trocamos um beijo. Foi rápido, mas pareceu tão indecente... Lembro que foi um dos melhores beijos que já dei na vida inteira. Como algo tão bom podia ser errado? — Dona Cecília encontra meus olhos, o verde dos seus saudando os meus em um reconhecimento profundo.

"Daí em diante, mantivemos contato por cartas", ela continua, o dedão traçando círculos na pele escura de Didi, "e continuamos saindo às escondidas por mais duas férias até que a ditadura fez com que até aquele pedacinho do paraíso, aparentemente intocável pelos homens, se tornasse perigoso demais pra duas garotas".

— Precisamos parar de nos ver antes que algo ruim acontecesse — Didi adiciona, melancólica.

— Tentamos trocar cartas por mais alguns anos, mas as coisas nunca mais foram as mesmas. — A vó baixa a mão para o colo, sem soltar a de Didi, a cabeça também baixa. Então ela ergue a cabeça, fitando a mim e minha prima. — Nunca mais fui àquela praia. Nunca mais tivemos contato. — Suspira. — E a vida seguiu.

Após uma olhada rápida em nós dois, vó Cecília leva uma garfada de macarrão até a boca.

— Perguntas?

Anastácia e eu erguemos nossas mãos ao mesmo tempo.

— Por que "Didi"? — dispara Anastácia.

— Meu nome é Maria Diana — conta Didi calmamente. — Sua vó era a única que me chamava assim, Didi. Acabou que ouviram e o apelido pegou pro meu irmão, Dionísio. Eu era Maria pra todo o resto.

— Então por que "Ana"? — Tássia retruca, ainda confusa.

— Quando você bate os setenta anos e percebe que está ficando velha... — Ela balança a cabeça. — Algumas mulheres fazem plástica, outras mudam o apelido. — Dá de ombros.

Tássia se dá por satisfeita.

— Por que nunca me contou? — pergunto, atraindo os olhares das três.

A vó Cecília dá um de seus sorrisos zombeteiros.

— Porque você nunca perguntou, oras. — Ela ri, e sua risada contagia. O clima na mesa fica mais leve; nos lembramos dos pratos cheios de espaguete e começamos a comer. Pouco depois, a vó me chama. — Agora, Leãozinho, eu estou curiosa. Por que decidiu ir atrás da Didi?

— Hã...

Não há escapatória do olhar inquisidor da vó Cecília, então eu conto sobre a conversa dos meus tios que entreouvi na cozinha no almoço de Natal. Anastácia se sobressalta.

— Então é por isso que tá todo mundo cochichando?! — ela dispara, em choque.

Dou um olhar de quem pede desculpas à vó. Ela aceita. Esfrega as palmas das mãos uma na outra, se levanta da mesa, e arrasta os chinelos felpudos até onde fica o telefone fixo. Todos nós a olhamos, intrigados. Quando alguém atende do outro lado, a vó desembesta a falar:

— Filho, a mãe precisa de ajuda. Não, não. Será que você pode vir aqui? Tomei uma rasteira de um cachorro na rua mais cedo e agora não tô me sentindo bem. Sim, Beno, eu caí. Traz a Adriana. E sua irmã também. Isso, filho. Vem logo, viu? Tá doendo muito...

Levo as mãos à boca para conter o riso. Assim que desliga a ligação com meu pai, ela liga para meus outros tios e tias, dando-lhes desculpas tão esfarrapadas quanto a da rasteira do cachorro e pedindo que venham acudi-la.

A vó está ao telefone com tio Marcos, tecendo detalhes tenebrosos sobre uma queda muito violenta, quando Anastácia se aproxima de mim.

— Eu não acredito que a vó é bi! — ela exclama aos sussurros.

— Eu não acredito que a vó é bi e nunca me contou! — sussurro de volta.

— Você acha que o vô sabia? — ela retruca, enchendo minha mente com imagens terríveis que nenhum neto quer ter na vida.

Um arrepio corta meu corpo.

— Não quero pensar nisso — digo, virando o copo de Coca-Cola tão rápido que o gás faz meus olhos lacrimejarem e a garganta coçar.

— Você acha que o vô e a vó...? — Tássia sacode a cabeça, os olhos arregalados. — Eu não quero pensar nisso, Caetano. Não vou ficar com a imagem mental dos meus avós numa suruba. Nem pensar.

Fecho os olhos. Abro os olhos. Não sei qual realidade é pior.

Didi está comendo devagar, a expressão bem-humorada enquanto observa minha vó dar uma última desculpa a um de seus filhos. Quando percebe que estou encarando, volta os olhos pretos para mim, a sobrancelha arqueada em uma pergunta silenciosa.

— Dona Ana, você e a minha vó já...?

Didi pressiona os lábios para esconder um sorrisinho. Anastácia tapa os ouvidos e repete:

— Lá-lá-lá-lá-lá-lá.

A vó Cecilia volta à mesa, bufando, porém visivelmente mais calma. Não toca no prato.

— Preciso da ajuda de vocês — ela diz, levando os óculos de leitura para o topo da cabeleira rosa.

Tássia e eu nos fitamos.

— Pra quê, vó? — pergunto.

— Pra lembrar os pais de vocês quem é a mãe deles — responde, categórica.

— Isso nunca vai dar certo, vó.

— Vai sim, Leãozinho. Agora cala a boca que eu ouvi um carro estacionando — dona Cecília diz, ríspida.

Ela se apressa em derramar a mistura de ketchup e cobertura de sorvete de morango pela perna, traçando uma linha grosseira viscosa que pinga e forma uma pequena poça no chão. A vó estica cuidadosamente a perna no sofazinho do conservatório, forrado por uma manta de tipos florais. Quando ouve o trinco da porta sendo aberta, ela joga o braço sobre o rosto de maneira dramática e começa a gemer baixinho.

Preciso travar bem a mandíbula e olhar para o teto pra controlar o riso.

Tia Rita é a primeira a chegar. Ela cruza os cômodos da casa, afobada, e estanca na soleira do conservatório com um gritinho ao encontrar a mãe no sofá. Tia Rita se aproxima devagar, as mãos esticadas para a perna da vó Cecília.

— Jesus Cristo, mãe! — tia Rita geme.

— Filha, corre na cozinha e pega um pouco de água morna pra mãe, vai — dona Cecília diz, usando a mão livre para indicar a cozinha sem muita precisão.

Tia Rita se confunde por alguns segundos antes de se mover. Em seguida, o som da água acertando o fundo da panela ecoa pelo lugar.

Para cada filho que chega, dona Cecília tem alguma razão bizarra para mantê-lo longe – a caixa de pronto-socorro; um cobertor; uma toalha velha, Kátia, pelo amor de Deus, não se gasta toalha boa com quem tá morrendo. Nem mesmo meu pai e minha mãe conseguem se aproximar; se alguém chega perto, ela finge uma dor forte e chama por mim ou Anastácia.

Essa velha poderia ter sido atriz.

Cansados de procurar por remédios e gaze, meus tios e tias se aninham perto da mãe, desolados. Alguns começam a brigar entre si, mas a vó Cecília não discute; a mulher observa os filhos discutirem até que mencionem o "lugar melhor" para a mãe, gerando uma série de *shhhs* e advertências sussurradas.

— Jesus, Maria, José. Tá tudo preto — finge a velha. Tássia me dá um beliscão quando um riso me escapa, embora suas bochechas estejam coradas de tanto se segurar. — Vocês acharam meus remédios? Na gaveta onde pedi pra vocês olharem?

— Não encontrei nada na gaveta do banheiro, dona Cecília — minha mãe lamenta, as palmas abertas para frente.

Meu pai se distancia dos irmãos, ajoelhando-se em frente à mãe. Ele tenta fazer carinho em seu braço, mas a vó gira depressa, levantando-se num salto e acertando-o com o joelho supostamente machucado. Desorientado, meu pai pisca os olhos e leva os dedos até a mistura pegajosa de sangue falso manchando o ombro da camiseta puída.

— Se vocês fossem as enfermeiras do asilo em que estão tentando me enfiar — dona Cecília resmunga alto, desfilando em direção ao banheiro —, eu já estaria morta.

Rostos surpresos encaram minha vó como se ela estivesse com um peru cru na cabeça. Meu pai, por outro lado, cai na risada.

— Sabia que tinha sentido um cheiro estranho nesse machucado — diz.

Tio Marcos suspira, aliviado. Tia Isabella põe a mão no peito e relaxa.

— Mãe! Eu sou cardíaca!

Voltando do banheiro com um pedaço de papel higiênico grudado ao joelho sujo, a vó Cecília afaga o rosto da segunda filha mais velha.

— Não faça piada com doença, Isabella — diz, a sombra de um sorriso brincando nos lábios.

Dona Cecília acena para Anastácia, que assente com a cabeça e some escada acima. Senta novamente no sofá florido, satisfeita consigo mesma, quando percebe o papel grudado na perna. Tenta tirá-lo com a unha. Meu pai oferece um pano molhado com a água morna que tia Rita esquentou no fogão; ela aceita. Limpa, a vó faz sinal para que os filhos se sentem; eles relutam, mas cedem sob o olhar brincalhão, porém ameaçador da mãe.

— De quem foi a ideia idiota de me colocar num asilo? — ela dispara, as mãos delicadamente cruzadas no colo.

— Comunidade pra idosos — murmura tia Kátia.

A vó consente em silêncio e joga o pano sujo com meleca vermelha na cara da filha.

Tia Kátia geme de nojo e derruba o pano no chão.

— Eu tenho setenta e um anos — dona Cecília diz, mirando o rosto de cada um dos filhos. — Sobrevivi a uma ditadura, seis filhos, um emprego em tempo integral em meio a um bando de gente doente, e só não viajei o mundo porque me faltou dinheiro. Mas, se tem uma coisa que nunca me faltou nessa vida, crianças, foi vontade de viver.

— Mas mãe — tia Isabella interrompe, recebendo uma olhada mortal da mãe, que ela finge não ver. — Isso foi antes. Você mesma disse que está com setenta e um anos, cuidou de seis filhos, netos e bisnetos... A senhora não está cansada?

— Não — responde.

— Sem falar nas brincadeiras perigosas — tia Maria intercede.

— Fui enfermeira a vida inteira — a vó rebate, serena. — Sei cuidar de mim mesma. Além do mais — acrescenta, suas palavras embebidas num tom debochado —, fui assim a vida toda e não lembro de nenhum de vocês reclamando quando eram pequenos. Vocês gostavam de brincar com a mamãe. Agora que eu tô um pouquinho mais velha não posso mais? Preciso ser uma dessas velhas de bingo, careta, ranzinza? E olhem aqui, se vocês ainda estiverem cogitando me internar, saibam que eu conheço um bom número de psiquiatras e psicoterapeutas que podem atestar minha saúde mental, então podem tirar essa ideia tola da cabeça.

Cabeças abaixam em concordância; do topo da escada, flagro Anastácia descer com Didi em seu encalço. Respiro fundo.

Didi aparece no conservatório com seu porte imponente, chamando a atenção de todos.

Dona Cecília põe seu braço ao redor da cintura da mulher, que faz o mesmo.

— E não precisam mais se preocupar com a sua mãe velha e frágil sozinha — ela diz, de cabeça erguida, e lança uma piscadinha para mim. — Estou me mudando.

Sete pares de olhos se voltam para Didi, as perguntas explodindo.

— Pra onde?

— Com ela?

— Quem é essa, mãe?

— Mãe, a senhora não tá velha demais para ter colega de quarto, não?

— A senhora tá é doida se acha que a gente vai deixar você morar com uma desconhecida!

— Mãe, a senhora está bem?

Dona Cecília, no entanto, cala a todos com um assobio.

— Esta é Didi — minha vó diz, dando um passo para o lado a fim de destacar uma Didi reluzindo de felicidade, contida em um sorrisinho de canto de lábio e olhar apaixonado para a vó Cecília. — Minha namorada.

— Desde quando você é sapatão, mãe? — tio Marcos retruca em meio ao ambiente silencioso.

Ela sorri para o filho mais novo.

— Eu te botei no mundo e posso te tirar dele, Marcos. Sou uma idosa frágil e confusa. Conheço um bom número de psiquiatras e psicoterapeutas que podem atestar isso.

O conservatório, mais uma vez, eclode em comentários por toda a parte - a maioria teimando em dizer que a vó não pode se mudar, cada um dando seu motivo.

Estou tão cansado que só percebo que mandei todo mundo calar a boca quando minha mãe fala meu nome baixinho, em tom de advertência, os olhos saltados das órbitas. Puxo o ar e falo:

— Vocês não podem dizer o que a vó pode ou não pode fazer.

— Desculpa, Tinhão — tia Kátia diz, condescendente, sacudindo a cabeça —, mas ela é nossa mãe e isso é conversa de adulto.

— Por que você não vai comer capim, tia Kátia? — Anastácia intervém, impaciente. — Ugh, custa ser menos odiosa uma vez na sua vi...

Tia Rita corta a filha do mesmo modo como minha mãe fez comigo. Tássia, por sua vez, joga o cabelo por trás do ombro e dá a língua pra tia Kátia.

— Olha — começo a falar, e todos os meus tios e tias voltam o olhar para mim. Engulo. — Você pode dizer que ela é sua mãe, tia Kátia, mas o que é que você sabe sobre a vó Cecília, hein? O que vocês todos sabem sobre ela, além de ela ser mãe de vocês? Vocês sabiam que a vó já passou uma semana numa comunidade nudista com o vô Berto? Que ela adora brincar de esconde-esconde e ler livros de mistério enquanto vocês procuram por ela? Ou que ela esconde cópias de cartas altas do baralho na terceira gaveta da cozinha pra poder roubar no jogo? Que, durante uma viagem com o vô, só descobriu que dormiram no mesmo quarto que uma cobra no dia seguinte? Tudo bem que era a cobra de estimação do filho do dono da pousada... — Respiro fundo. Todos estão me encarando, meus tios, tias, meu pai e minha mãe. Até Didi e a vó Cecília me fitam, a vó com ternura e carinho. Vacilo. Não posso acreditar que ela queira ir embora depois de tudo o que tivemos, tudo o que fiz. Mesmo assim... — Ninguém aqui se deu ao trabalho de conhecer a mulher que a vó foi e é; portanto, vocês não têm direito nenhum de decidir qualquer coisa sobre a vida dela.

Ainda estou tomando o fôlego quando meu pai corta o conservatório até se colocar em frente à mãe e Didi, esticando a mão para a última.

Didi observa a mão escura, cheia de tufos de pelos.
— Prazer, Didi — diz ele. — Sou o Beno.
Didi aperta sua mão.
— Maria Diana, mas pode me chamar de Didi — responde.

Eles trocam um sorriso gentil. De repente, me sinto cheio de alegria. Apalpo os bolsos da calça - preciso tirar uma foto disso e mandar para Júlio. Encontrando os bolsos vazios, me lembro de que estou sem celular, e ele também. Meu peito dói; queria que ele estivesse aqui para ver isso: a vó Cecília apresentando sua namorada da adolescência aos seus filhos e filhas.

Anastácia envolve meu ombro em um abraço lateral e me puxa para perto.

— Acha mesmo que a vó falou a verdade? — ela pergunta, a cabeça apoiada na minha, seus cabelos compridos entrando na minha boca. — Que ela vai morar com Didi?

Apesar do desânimo, respondo:
— Não duvido nada.

Capítulo 13

O fundo dos copos *old fashioned* batem na mesa praticamente ao mesmo tempo, respingando rum.

Papai se adianta, desenrolando a tampa da garrafa, um terço mais vazia, e despejando outra dose nos copos da minha mãe, tia Rita e da vó Cecília antes de servir uma para si mesmo. Didi, sentada ao lado da minha vó na mesa grande da sala de jantar, bebe água num copo americano. Quando recusou o rum, meus pais e tia se entreolharam, dando de ombros por fim e virando a primeira dose com um "Saúde!" típico de fim de almoço de família aos domingos quando ainda tínhamos o vô Berto.

Tássia e eu dividimos um refrigerante - Tássia, por estar dirigindo, e eu, por conveniência. Ela passa os olhos despretensiosamente pelo *feed* das suas redes sociais; qualquer coisa para evitar a cerimônia de aspecto melancólico da qual nossos pais participam. Sem celular, só o que me resta é brincar com a barra da camiseta.

— Desculpa se vou parecer grossa — minha mãe diz, a voz aguda cortando o silêncio. Os demais erguem a cabeça na sua direção. Seu olhar perdido encontra o rosto de Didi. — Mas como é que você chegou aqui?

— Ah — diz ela, piscando lentamente. — O Caetano achou que Didi era meu irmão, mas acabei vindo no lugar dele.

— E o que aconteceu com ele?

— Morreu.

A tensão, jamais dissipada pela tentativa de conversa da minha mãe, desceu sobre nós feito um cobertor. Papai serve outra dose de rum para todos. Mamãe vira a dela rápido demais, murmurando um pedido de desculpas com o copo ainda nos lábios. Dona Cecília ergue seu copo na altura do queixo.

— A Dionísio.

— A Dionísio — meu pai e tia Rita ecoam.

— Me desculpe, mas... como ele morreu? — a vó pergunta.

Didi relanceia as pocinhas de rum e os copos dispostos de qualquer jeito na mesa.

— Ele bebia muito — diz cuidadosamente. — Foi uma sucessão de coisas, na verdade.

Papai engasga com seu novo gole.

— Bom, a gente não tá dando uma dentro hoje — ele resmunga, limpando o queixo com o dorso da mão.

— Está tudo bem — Didi garante.

Papai concorda com um aceno.

— Caetano — minha mãe me chama, parecendo aliviada em poder mudar de assunto. — Por que não respondeu minhas mensagens? Te procurei feito boba a tarde inteira. Sua vó disse que você estaria em casa pro almoço. Achei até que estava me evitando.

— Na verdade, mãe... Didi, Júlio e eu fomos assaltados no caminho de volta — digo sem rodeios, o canto do lábio preso entre os dentes. — Levaram tudo.

As sobrancelhas do meu pai disparam para cima. Minha mãe, ainda segurando seu copo, arregala os olhos, a face empalidecendo. Tia Rita diz algo como um "ai, Cristo", e a vó Cecília divide o olhar entre mim e Didi, sem saber exatamente a quem confortar. Anastácia, que até então estivera focada em seu celular, mistura um pouco de rum ao seu copo de refrigerante – ela me encara abertamente, a cabeça se movendo de modo a me incentivar a falar.

Falo sobre a pedra, o pneu rasgado – os dois, pois minha mãe já estava batendo o indicador na mesa perguntando do estepe –, a abordagem dos quatro rapazes e o momento em que liguei para Tássia da delegacia. Deixo de fora o possível desacato à autoridade.

— Filho... — mamãe diz, incrédula. Ela esticou o braço pela mesa, os dedos implorando pelos meus. Aperto sua mão. — Seus desenhos... Como você vai continuar fazendo seus desenhos?

Sinto o queixo cair.

— Mãe, eu pensei... achei que não se importasse com os meus desenhos — rebato, sem graça de acusá-la quando está tão visivelmente preocupada. — Você vive me falando pra ter um emprego fixo, prestar concurso público... Até mandou link de inscrição pra eu trabalhar no Banco do Brasil!

— O que eu quero — ela diz, remexendo-se desconfortavelmente na cadeira e, com ternura, envolvendo minha mão com as suas — é que você tenha um emprego mais estável do que desenhar e pintar por demanda, mas sei o quanto a arte é importante pra você. — Engulo em seco e abaixo a cabeça. Ouço o sorriso em sua voz quando ela fala novamente. — Deus sabe quantas paredes eu tive que limpar quando você era pequeno.

— Você limpava? Ave Maria, que trabalheira desnecessária — Dona Cecília comenta com uma piscadinha.

— Sinto muito pelo carro do Júlio — minha mãe acrescenta. Ela solta minha mão e se recosta na cadeira.

Eu assinto.

— O que aconteceu com ele, aliás? — papai pergunta.

— Ele achou melhor ir pra casa, ver a mãe. Disse que precisava ficar sozinho — respondo. Guardo na memória as lembranças da noite passada, junto com cada troca de olhar ao longo da viagem, e tento não pensar no quanto dói a saudade.

Dona Cecília vira o restante da garrafa de rum no gargalo.

— Vou pegar alguma coisa pra vocês comerem — ela fala. — Leãozinho, vem ajudar a vó.

A vó Cecília caminha devagar pela casa; atrás dela, percebo que está um pouco bêbada, tateando os armários em busca de um pacote de torradinhas e perdendo o equilíbrio ao retirar uma garrafa de água da geladeira. Eu a vejo se mover pela cozinha a passos lentos. Tenta alcançar algo no armário acima da bancada, mas é baixinha demais. Ela bufa.

— Caetano, pega uma vasilha redonda ali em cima pra gente colocar essa comida.

— Qual, vó? — Tem uma tonelada de vasilhas aqui.

— Tem uma rosinha que eu adoro...

Procuro no primeiro armário pela vasilha redonda cor-de-rosa, mas nada.

— Certeza de que está aqui? — pergunto.

— Talvez esteja no fundo, ou no armário do lado — ela rebate. — Procura direito.

Mostro uma vasilha redonda de plástico para ela.

— Não pode ser essa azul, não?

— Eu quero a rosa — insiste. Suspiro.— Já encontrou, fio? — ela pergunta após alguns segundos de silêncio.

— Ainda não — digo, a cabeça enfiada dentro do armário, movendo vasilhas e Tupperwares de um lado a outro.

— Será que algum dos meus filhos levou minha vasilha preferida? — ela reflete com seus botões.

— Hã, acho que não, vó.

— Porque era a minha favorita.

— Ok...?

— Vou deserdar quem quer que tenha pegado minha Tupperware rosa.

Dou risada. Piso em falso e quase escorrego, batendo a cabeça na porta do armário.

— Isso é radical até pra você, vó. — Massageio a parte sensível da testa. Fecho o segundo armário e encaro minha avó, cansado. — Tem certeza de que não pode ser a vasilha azul? Ou qualquer outra?

Seus olhinhos miúdos travam em mim. Ela cruza os calcanhares junto aos pés da cadeira.

— Tenho — responde. — Assim como tenho certeza de que você e o Júlio ficaram de nheco-nheco a noite passada e agora você tá aí, com essa cara de tonto.

— Vó!

— Não mente pra vó! — Ela aponta o dedo na minha cara. Baixa a voz e pergunta: — Vocês usaram camisinha?

— Eu me recuso a discutir minha vida sexual com você! — Tiro uma vasilha qualquer do armário, uma daquelas com compartimentos para serem usadas como marmita. Ponho na mesinha à sua frente. — Aqui sua vasilha.

— Essa não, pega a roxa. — Ela me devolve a vasilha, sorrindo. Reviro os olhos, mas faço sua vontade. — Muito que bem — diz —, vocês vão se ver amanhã? Posso preparar um almoço pro casal.

Fecho os olhos com força. Respiro.

— Vó, não vai ter almoço nenhum — murmuro. Procuro pela vasilha roxa, sem sucesso. — E não tem nenhuma vasilha roxa aqui!

— Então pega a azul mesmo — diz, com um floreio de mãos.

Grunho irritado e tiro a vasilha azul do armário. Sento na cadeira de frente para ela, a vasilha azul redonda entre nós. A vó Cecília pousa a mão sobre meu joelho, seu toque é gentil.

— O que aconteceu?

— A gente... ficou — confirmo. A vó me encoraja a falar, os dedos massageando meu joelho. Tomo fôlego. — Só que não sei se ficamos por carência ou porque existe algum sentimento ali no meio. E, agora que ficamos, não consigo parar de pensar no Júlio... desse jeito.

A vó Cecília arrasta sua cadeira para mais perto da minha, envolvendo-me em um abraço. Ela ainda cheira a terra, sabonete e rum.

— Aquelas vasilhas que a senhora me pediu não existem, né? — pergunto ao pé do seu ouvido.

Ela me dá dois tapinhas nas costas.

— Não.

— Sua velha boba — sussurro. Eu a aperto nos meus braços e encosto a cabeça no seu ombro.

A passos tímidos, Didi surge na cozinha, o copo vazio, procurando pela minha vó.

— Ciça?

Dona Cecília leva minhas mãos aos lábios e dá um beijo antes de soltá-las. Seco o canto dos olhos com os dedos, dando um sorriso enviesado para Didi quando ela me fita.

— Está tudo bem? — pergunta, ligeiramente consternada. Digo que sim. Ela assente.

— Queria mais um pouco de água...

A vó sorri com doçura para ela.

— Na porta da geladeira — diz. Para mim, minha vó pergunta: — O que você acha que Júlio sente por você?

Demoro a responder. Didi enche seu copo, a água gorgolejando até atingir a borda, surpreendentemente quieta. Sua presença é, ao mesmo tempo, inquietante e reconfortante - embora ela tenha presenciado e ouvido muita coisa na viagem de volta, me sinto vulnerável ao me expor.

— Francamente? — digo, por fim — Acho que somos só amigos mesmo.

— Será que eu posso falar algo? — Didi pede licença, curvando-se para frente após guardar a garrafa na geladeira. Cachos estreitos caem sobre seus olhos pretos quando olha para mim. Ela aceita meu silêncio como resposta. — Talvez você devesse repensar sua resposta, menino — diz, calma. — A amizade é algo lindo e pode existir em mais de uma maneira. Mas já vi casais apaixonados o suficiente na pousada pra reconhecer que a maneira como vocês dois se portam quando estão juntos tem muito mais sentimento do que você está se permitindo reconhecer. — Didi põe a mão no meu ombro, e seu olhar se torna mais intenso, mais amável.

— Lembra do conselho que te dei no carro? Às vezes, uma coisa boa é só isso: uma coisa boa. Aproveite.

Ela mira a vó Cecília agora. As duas trocam um selinho.

— Vó? — Tássia apoia o corpo na soleira da entrada da cozinha, os fios castanhos cascateando sobre o ombro. — Minha mãe tá meio bêbada e eu tô bastante cansada pra dirigir. Tudo bem se passarmos a noite aqui com vocês?

— Tudo bem, fia — diz ela, a cabeça movendo-se em afirmativa. — Faz tempo que você não passa a noite na vó.

Anastácia ruboriza e, ao notar a maneira como a avó está enlaçada em Didi, abre um sorriso.

— Vocês vão fazer barulho a noite toda, né? — ela provoca, tão debochada quanto a avó.

Didi se empertiga, séria, mas a vó Cecília dá risada.

— Somos idosas. Transamos de manhã enquanto assistimos a Ana Maria Braga.

— Vou ligar pra minha terapeuta amanhã. — Tássia se despede, sorrindo.

Um iPad usado custa o olho da cara no Mercado Livre. Um novo custa um rim.

Continuo minha busca por um tablet para repor o roubado e, após meia hora de pesquisa, tenho uma seleção de preços razoáveis que posso pagar – depois de vender algumas coisas e, talvez, conseguir um emprego temporário. Salvo a lista de links favoritados.

Música escorre pelos alto-falantes. Na tela do notebook, a janela de conversa com Júlio brilha, intensa, e machuca os olhos. Ainda assim, não consigo parar de olhar.

Nossa última conversa foi há uma semana; sempre preferimos os aplicativos de mensagem ao chat do Facebook. Um link para um teste do Buzzfeed afirmando que acertaria nossa idade com base nas nossas preferências musicais – de acordo com o teste, eu tenho vinte anos, um número próximo; Júlio, entre quarenta e quarenta e cinco.

Ele está on-line.

Fito a janela de conversa por mais alguns minutos antes de fechá-la. Um baita de um covarde, é o que sou.

Direciono minha energia frustrada em encontrar uma aparelhagem de trabalho que caiba no meu bolso. Estou na página quinze das buscas no Mercado Livre quando ouço duas batidas suaves na porta; me viro a tempo de vê-la abrir aos pouquinhos, a cabeleira escura do meu pai espiando para dentro.

— Viemos nos despedir — ele diz, o corpo inteiro parado junto a mim, a mão grande e áspera apoiada na minha cabeça.

— Vocês não vão dirigir, né? — pergunto, fitando-os de baixo.

Mamãe nega.

— Chamei um Uber — responde. — Está quase aqui.

Eles me abraçam um de cada vez, abraços longos e apertados, e dizem no meu ouvido o quanto me amam. Minha mãe nota a página aberta no notebook. Em vez de descer as escadas para encontrar o motorista, ela se senta ao pé da cama, os olhos treinados desviando da tela para meu rosto.

— Está procurando por um iPad novo? Você tem dinheiro pra isso, filho? — Ela soa preocupada. Troca um olhar com meu pai, que se acomoda ao seu lado na cama.

— Sabe, a gente pode te ajudar... — papai começa a dizer, mas eu o interrompo.

— Está tudo bem, pai. Tenho um dinheirinho guardado dos freelas que faço, e a vó me deu um dinheiro de Natal. Não se preocupe.

Porém, obviamente, minha mãe me ignora.

— De quanto você precisa?

— Mãe, é sério...

— Filho — meu pai diz, e algo na objetividade da sua voz me cala. — Nós vamos te ajudar, ponto. Talvez não possamos te ajudar com um novo — completa com um sorriso torto —, mas daremos um jeito de te ajudar a continuar trabalhando com o que gosta.

Minha mãe concorda, animada.

Pelo tempo em que nos entreolhamos desta vez, os únicos sons sendo a música baixinha que vem do computador e os roncos da tia Rita no quarto ao lado, sinto como se meus pais estivessem me enxergando pela primeira vez em muito tempo.

— Aliás, Caetano? — Papai esfrega as mãos nos joelhos, o canto da boca tremelicando, nervoso. — Obrigado por encontrar a Didi. Sua vó está feliz como não via desde... você sabe... — Pigarreia. Minha mãe esfrega seu braço. — E agora que ela decidiu se mudar com Didi, não precisamos nos preocupar com ela morar sozinha numa casa tão grande.

— Você acha mesmo que sua mãe vai se mudar com a Didi, amor? — mamãe pergunta, incerta.

Papai e eu a encaramos.

O celular da minha mãe apita com uma nova notificação. Ela se levanta num sobressalto, temerosa em deixar o motorista esperando, e puxa meu pai para levantá-lo. Eles me dão um último abraço e partem, deixando a porta entreaberta.

Ao mirar o notebook mais uma vez, salvo mais alguns links de vendedores confiáveis e, por pura curiosidade, abro novamente o chat do Facebook. Júlio continua on-line, a bolinha verde ao lado do seu nome denunciando seu status. Clico para abrir a conversa, mas no último minuto, abaixo a tampa do computador.

Subo na minha cama e chuto a bermuda para o chão. Mesmo apagando a luz, sou incapaz de desligar minha mente, então por um instante me permito reviver a noite passada. Algum tempo depois, não sei se estou em meio a um sonho ou uma lembrança; tudo o que sei é que estou nos braços de Júlio, sorrindo, o som de mar e chuva embalando meu sono.

Na manhã seguinte, Didi está sentada à mesa da cozinha, bebericando uma xícara de café preto enquanto passa os olhos pelas notícias do jornal do dia. Ela veste o pijama personalizado que dei para minha avó no ano passado, com várias ilustrações do rosto do Jon Bon Jovi pontilhadas pelo tecido, debaixo de um roupão também emprestado da vó Cecília. Na parede oposta, minha vó esfrega laranjas contra um espremedor, o zumbido do motor me fazendo estremecer. Puxo uma cadeira e me sento.

— Bom dia, Didi — eu a cumprimento.

— Bom dia, Caetano.

A vó traz a jarra de suco para a mesa. Puxa uma garrafa de rum minúscula do bolso do roupão, derrama um pouco num copo limpo e completa com suco de laranja. Reviro os olhos; alcanço a leiteira quente e o achocolatado em pó. Didi vira a página do jornal, divertida.

— Dormiu bem, Leãozinho? — dona Cecília pergunta, tomando um gole do seu suco batizado. — Está com uma cara...

— Anastácia e a tia Rita já foram? — retruco, ignorando sua pergunta.

— Ainda estão dormindo.

Assisto minha vó deslizar a faca com manteiga em um pedaço de pão para Didi, exatamente como ela costumava fazer para o vô Berto. Didi agradece dando-lhe um beijo na bochecha.

— Vó?

— Hm?

— Você planeja mesmo ir morar com a Didi? — pergunto baixinho, fitando as duas mulheres com expectativa. — Em definitivo?

Didi não abaixa o jornal, mas espia pelo canto do olho a reação da vó Cecília. Ela dá um tapinha na minha mão e assente.

— Didi me convidou pra passar um tempo na pousada — diz, tomando um cuidado com as palavras que jamais a vi ter. Então, estala a língua e toma outro gole do seu daiquiri matutino. — Como velho nunca sabe quanto tempo tem de vida, estou basicamente de mudança pra Ubatuba.

Dou uma risada.

— Não acredito que a senhora se chamou de velha.

— Primeira e última vez na vida. — Ela dá uma piscadela.

— O que vai acontecer com a casa? — pergunto. A essa altura, Didi abandonou a leitura do jornal e se entretém com nossa conversa, respeitando nosso espaço como simples espectadora. Agradeço mentalmente a ela.

O rosto de dona Cecília ganha uma expressão pensativa, como se aquele detalhe tivesse escapado. Ela franze os lábios até formarem uma linha, tão fina que quase some na pele clara. Minha vó sempre foi impulsiva, e acho que aprendi com esse traço de sua personalidade; é algo que admiro. Se há algo que ela quer fazer, ela simplesmente vai e faz. Todavia, me parece, agora, que todas as coisas imprevisíveis que fez em sua vida estavam dentro de um limite de segurança, que sempre havia uma saída de emergência de fácil acesso. A casa cor-de-rosa não era somente uma casa, e ela não estava apenas de viagem; ela podia não voltar. Ou, se voltasse, sabe lá Deus quando, o que esperava encontrar? Os filhos cuidando do imóvel? Alguém da nossa família se mudaria para cá, ou será que ela decidiria alugar, quem sabe vender, a casa de sua família para estranhos?

No tempo que leva para a vó pensar, Didi e eu estamos empoleirados na beira das nossas cadeiras. Por fim, a vó sacode a cabeça, os tufos cor-de-rosa desbotados flutuando.

— Vai ser uma aventura, Leãozinho — é o que diz, roubando uma mordida do pão que prepara para Didi. — Além disso, você, Anastácia e o Júlio podem me visitar quando quiserem.

Aceno em concordância.

— E o resto da família?

Ela vira com gosto o restante de sua bebida.

— Eles que passem as férias num asilo.

Trocamos risadinhas os três, o suficiente para aliviar o clima. Tomo café, me empanturrando de bisnaguinha com presunto e requeijão. Vovó e Didi discutem sobre os preparativos de sua viagem iminente, e eu também participo da conversa. Quando terminamos de comer, empilho os pratos e xícaras para levá-los até a pia. No entanto, Didi me lança um olhar direto, reabrindo o jornal em cima da mesa limpa.

— Já sabe quais são seus planos pra hoje, Caetano? — quer saber.

Eu a encaro de volta e assinto, mordendo a parte interna das bochechas para impedir o sorriso. Didi sorri sem mostrar os dentes e volta a ler seu jornal. Dona Cecília pega uma fatia de pão e passa manteiga enquanto assobia a música, minha música, aquela que sempre cantarolava quando eu era pequeno e passava as tardes com ela, ajudando-a com as receitas, brincando pela casa ou me colocando para ninar: "O leãozinho".

Capítulo 14

Quando saio de casa com uma revista em quadrinhos dos X-Men debaixo do braço em direção ao apartamento de Júlio, sei exatamente o que fazer. O cantarolado da vó Cecília ecoa na minha cabeça durante boa parte do trajeto, agindo como um calmante nos nervos. Mas basta pisar na calçada do prédio dele que tudo – meus planos, minha calma – evapora.

Seu Batista, o porteiro, me deixa entrar. Ele é um cara legal, alto e largo, cheio de pés de galinha no canto dos olhos quando sorri. Está acostumado com as minhas visitas, então nem me anuncia.

O portão bate atrás de mim, o enlace do trinco surrupiando qualquer gota de coragem que me levou até ali. No entanto, sigo em frente: aperto o botão do elevador, cutuco debaixo das unhas, subo os cinco andares e paro com o dedo em cima da campainha do apartamento quinhentos e quatro, hesitante. Respiro fundo.

Dentro da casa, ouço Júlio se mover – seus gemidos quando se levanta do sofá, os chinelos arrastando no chão, as chaves girando na fechadura. Praticamente esmago minha HQ entre os dedos a cada trava aberta.

Achei que estava pronto para isso, mas, nitidamente, não estou.

Júlio se veste como Júlio: calção de futebol, camiseta surrada e chinelos de dedo; cabelos desalinhados, coçando a lateral do corpo.

Tento abrir um sorriso, mas falho, as bochechas tremendo com o esforço. Uma piscina de luz entra pela porta da cozinha com a sala de estar, marcando o espaço entre nós. Júlio arregala os olhos rápido demais, depois os esfrega com a mão em punho.

— Te acordei? — pergunto, sem graça.

— Tô de pé há algum tempo — ele diz, piscando. — Tentando resolver os problemas do carro.

— Ah.

Ficamos parados um de frente para o outro, calados, de maneira bastante desconfortável. Os vizinhos do apartamento ao lado estão vendo TV, a previsão do tempo para hoje é de vinte e oito graus. Um micro-ondas apita. Talheres tilintam contra a louça na pia.

— Você não quer entrar e...? — Júlio dá um passo para o lado, escondendo metade do corpo atrás da porta.

Me apresso para dentro da cozinha do apartamento de Júlio e de sua mãe, e ele tranca a porta. É um espaço estreito, miúdo, com poucos itens - um fogão, geladeira e micro-ondas, além da pia e alguns armários embutidos. Sua mãe está em casa aos turnos por causa do hospital; hoje, não há sinal dela. Não sei se me sinto melhor com essa constatação.

Júlio passa por mim, de lado, e abre a geladeira.

— Quer comer alguma coisa? Deve ter algum Danoninho ou Toddynho por aqui... — ele oferece. Apesar de já ter tomado café, aceito o Toddynho.

Deixo a HQ sobre a mesa da cozinha, furo a caixinha e dou um gole rápido assim que Júlio me entrega a bebida. Faço careta ao sentir um mal-estar no estômago, nada relacionado à bebida. Júlio se vira para a pia. Pega uma caneca – aquela da calourada – e a enche com café preto da cafeteira.

— Já conseguiu resolver tudo? — pergunto.

— Consegui um estepe usado — responde. — Vai dar pra segurar as pontas até eu conseguir pneus novos nas queimas de estoque de janeiro.

O telefone toca no cômodo ao lado. Júlio vai até a sala de estar, caneca em mãos, deixando-me para trás. Fito a caixinha da bebida láctea e, depois de respirar fundo duas vezes, eu o sigo.

Sento numa ponta do sofá enquanto Júlio continua de pé ao lado da base do telefone. A televisão está ligada e pausada em um filme de terror que conheço bem, *O iluminado*, seu filme favorito. Pego apenas fragmentos da conversa no ar. Júlio está ao telefone com a mãe e fala sobre comprar um celular novo. Ele soa cansado; pede à mãe que tenha paciência e não deixa que ela lhe compre um de presente. Despede-se dela com um beijo.

Júlio cai na ponta oposta do sofá, segurando a caneca no alto para não derramar café no móvel, e suspira. O dia está claro do lado de fora e extraordinariamente quente. Dou uma golada da bebida gelada; apesar disso e do ventilador, girando de um lado para o outro no canto da sala, estou suando.

— Sua mãe quer te dar um celular novo? — instigo, tentando puxar assunto.

— Uhum — ele assente. — Mas estou realmente considerando aproveitar a queima de estoque de janeiro pra comprar um telefone novo. Se você quiser, podemos comprar juntos — oferece, virando o rosto na minha direção. — A gente pode barganhar, conseguir algum desconto extra, quem sabe.

— Tudo bem — digo.

Quando o silêncio ameaça retomar sua parte da conversa, Júlio e eu falamos ao mesmo tempo:

— Isso é estranho — falo.

— O que você veio fazer aqui hoje? — ele quer saber.

Nós nos fitamos. As respostas também saem ao mesmo tempo:

— O que é estranho? — rebate.

— Eu precisava falar com você — respondo.

Júlio encobre a surpresa fazendo que sim com a cabeça e toma um gole de café.

— Sei que já disse isso — falo. Brinco com as linhas da caixinha na mão, batendo os olhos nos ingredientes e avisos sem realmente lê-los. — Mas queria te agradecer de novo por ter ido atrás de Didi comigo. Mesmo com as perdas e tudo mais... — Respiro. — Significa muito.

Júlio olha fixamente para a frente, onde a TV continua ligada, o filme pausado. Seu peito sobe e desce, a camiseta esticada na barriga. Ele balança a cabeça sem verbalizar qualquer coisa, e parte de mim se contorce de curiosidade para saber o que se passa em sua cabeça.

— Tá tudo bem entre a gente? — pergunto a ele.

— Por que não estaria? — ele retruca, uma única sobrancelha erguida.

— Sei lá... Passamos a noite juntos, brigamos a viagem inteira e até nosso silêncio não parece mais o mesmo. Incomoda. — Sinto o queixo tremer. — Não parece que estamos bem.

Ainda mantendo o rosto longe do meu, Júlio se estica por cima do braço do sofá e pousa a xícara de café cuidadosamente no chão, ao lado. Ele finalmente me permite ver seu rosto por inteiro; os contornos franzidos, olhos apertados, a boca contraída. Cobre minhas mãos com as suas, puxando-as para o próprio peito. Seu coração bate acelerado.

— Estamos bem — promete.

— Então por que eu tô com tanto medo de te perder? — replico, a voz baixinha, apavorado com a possibilidade de que enunciar as palavras as torne reais.

Júlio me encara, o rosto é como um livro que não sei ler.

— Isso é porque a gente transou? — pergunta ele. — Por isso está com medo?

Faço que sim com a cabeça.

— Eu nunca tinha pensado em você desse jeito — confesso —, alguém com quem eu pudesse ter um relacionamento. Mas agora... — luto contra a vontade de desviar os olhos e dou conta de acalmar a respiração trêmula — é só nisso que consigo pensar. E não quero estragar as coisas entre nós.

Júlio franze o rosto, sério, os lábios tensos praticamente escondidos atrás da barba e bigode pretos.

— Está dizendo que gostaria de ter um relacionamento sério comigo? — quer saber, num tom de voz sóbrio e calculado.

— Sim...? — digo. — Apesar de essa confusão toda fazer com que eu queira levar as coisas mais devagar, talvez, ver se a gente dá certo?

Ainda muito sério, Júlio leva minhas mãos à boca, beijando cada uma das palmas. Os fios grosseiros da barba pinicam e fazem cócegas, mas a sensação é surpreendentemente reconfortante. Expiro o ar mais tranquilo.

— Caetano — diz suavemente —, como é que você não percebeu que sou apaixonado por você?

As batidas do meu coração ribombam no peito; sinto-as dos pés à cabeça, até as pontas das orelhas. Júlio me estuda, os olhos verde-escuros iluminados, quase dançantes, enquanto perpassa cada centímetro do meu rosto.

— O que a gente faz agora? — Não percebo o quanto minha voz está rouca. Júlio molha os lábios com a ponta da língua, engole em seco.

— O que a gente quiser, eu acho — responde, a voz líquida e aveludada. Imitamos o gesto um do outro, as cabeças assentindo vagarosamente.

Então, eu o beijo.

E é tão certo. O encaixe dos lábios é fácil, a condução, suave. Espalmo as laterais de seu rosto, enterrando os dedos na barba cheia, puxando-o contra mim. Júlio envolve meu pescoço com uma mão, deslizando a outra pela minha coluna. Um arrepio levanta meus pelos da nuca quando ele separa a boca da minha, os lábios descolando devagar, quase como se resistissem por vontade própria, e ele me aninha debaixo do braço.

— Então é isso? Estamos namorando, agora?

— Você quer um pedido romântico, não quer? — Ouço o sorriso em sua voz.

— Não, não. — Me aconchego em seu corpo, inalando o cheiro do amaciante de roupas e o perfume em sua camiseta. — Está perfeito.

— Anda, fala logo — insiste ele. Os dedos longos traçam a lateral do meu corpo, me fazendo cócegas de leve. — Sei que quer.

— Quero ver desenho, e não essa assombração aí.

Júlio ri e usa o controle remoto para navegar pelo catálogo infantil. Decidimos por *Toy Story*.

— Tem uma coisa que preciso te contar. Duas, pra ser sincero — diz ele, de volta ao tom de seriedade, poucos minutos filme adentro. — Fui eu que terminei. No começo do mês, quando estávamos em semana de prova, lembra? — ele pergunta, e eu assinto. Júlio abre um sorrisinho tímido, um brilho de contentamento iluminando os olhos verdes, e me puxa para mais perto. — Já andava pensando em você, em como a gente sempre estava ali um pelo outro, em como eu reagia quando a gente se tocava e tudo mais. Daí você saiu correndo do prédio de artes e foi até a faculdade de economia para entregar meu caderno de anotações que esqueci na sua bolsa depois de tomarmos café. Você podia ter mandado uma foto, mas não.

— Eu lembro! — Tomo distância para fitá-lo, a cabeça erguida na altura de seus olhos e as mãos espalmadas em seu peito. Franzo o cenho. — Fiquei todo suado e com assadura nas coxas. Achei que estava tendo um ataque cardíaco.

Júlio deposita um beijo suave no topo da minha testa.

— Nessa hora, percebi que o sentimento ia além da nossa amizade. Devia ter reparado antes, tipo quando eu ficava excitado toda vez que você me abraçava. — Ele ri. — Passei dias criando coragem pra te falar. Ia te contar tudo no Natal, mas você teve outros planos... e eu não consegui.

Dou uma risadinha.

— Eu não fazia a menor ideia.

Ele assente, acanhado, como quem diz *eu bem sei*, e sinto as bochechas corarem.

De repente, tudo ganha uma nova camada de profundidade. Como pude não perceber? Estou levemente boquiaberto; Júlio aninha meu rosto na palma da mão e me dá um selinho. Aturdido com a surpresa e derretido pelo beijo, quase esqueço que há mais.

— Qual é a segunda coisa? — pergunto.

Ele joga a cabeça para trás, soltando uma risada sem jeito, antes de umedecer o lábio com ponta da língua, os olhos faiscando com malícia. Ele os mantém fixos em meu rosto, como se quisesse gravar minha reação na memória.

— Quando fui me despedir da sua avó, naquele dia em que fomos a Ubatuba, ela escorregou um pacote de camisinhas pra dentro do meu bolso. Disse pra gente "usar bem".

Engasgo em uma gargalhada, incrédulo. Júlio ri junto.

— Quer dizer que a camisinha que a gente usou...?
— É.

Não quero discutir como, nem por quê, minha vó tinha um pacote de camisinha em mãos àquela hora. É melhor não saber de certas coisas, pelo bem da nossa sanidade mental.

Júlio passa o braço ao redor do meu corpo, diminuindo qualquer distância entre nós.

— Como foi o reencontro entre elas, a dona Ana e sua vó? — ele indaga lá pela metade do filme, o rosto virado para mim.

— Foi ótimo — digo, sem tirar os olhos da TV. — Elas estão namorando agora.

Júlio não fala nada. Por curiosidade, ergo o rosto para olhá-lo e vejo a expressão de choque em seu rosto. Dou uma risadinha.

— Dona Ana é Didi — revelo. — A história é beeem longa, então vou deixar que a própria dona Cecília te conte no jantar de hoje. Aliás, você está intimado a vir jantar com a gente hoje. Você e sua mãe. Ordens da vó.

— Sim, amor — ele diz em meio a uma risada aspirada. O jeito carinhoso como ele diz "amor" me faz sorrir feito um bobo. — Então, no fim das contas — completa —, você conseguiu reunir sua vó com o antigo amor dela?

— Sim — respondo, feliz. — E não teria conseguido sem você.

Júlio beija o topo da minha cabeça. A temperatura do meu corpo esquenta de maneira bastante agradável. Como eu pude tentar me forçar a crer que ser apenas amigo de Júlio seria o suficiente, nunca vou entender. Parte de mim devia saber, sentir. Didi tem razão: coisas boas podem ser apenas coisas boas - precisamos nos permitir vivê-las enquanto podemos.

— Preciso confessar outra coisa — Júlio diz.
— O quê?

— Eu nunca vi *Toy Story* na vida.
— Quê?!
Ele ri.
— E não prestei muita atenção no começo porque ainda estava processando.
— Como assim, processando? Júlio...!
— Desculpa. É que não achei que a gente... — Ele passa as mãos nos cabelos, vagamente aturdido. Seu sorriso é quase infantil. Me derreto um pouquinho. — Que eu e você acabaríamos juntos. Achei que ficaria na *friendzone* pra sempre.
— Essa é uma desculpa fofa — admito —, mas inválida.
— Recomeçar? — ele pergunta, o olhar ansioso e brincalhão.
Dou-lhe um beijo rápido.
— Recomeçar.

Júlio chega esbaforido na porta de casa, segurando duas sacolinhas plásticas com refrigerantes, uma em cada mão. Suspiro, aliviado.
— Já ia mandar a Tássia atrás de você — digo. Ele arqueia uma sobrancelha, se inclina para a frente e me dá um selinho antes de passar pela abertura da porta. — Por que demorou tanto?
— O mercado estava uma bagunça!
Júlio ruma em direção à cozinha, driblando meus priminhos, que correm pela casa inteira brincando de esconde-esconde. Sigo seu rastro. Nico pisa no meu pé com força na corrida pelo ponto onde estão "batendo cara", me fazendo uivar. Lanço uma olhada mortal pro garoto. Na cozinha, puxo uma cadeira ao lado de Júlio enquanto ele tira as garrafas das sacolas.
— Foi atingido? — Júlio pergunta com um sorrisinho de canto.

— Meu dedinho nunca mais será o mesmo — reclamo.

— Caetano! — minha mãe me chama, limpando o suor da testa com o antebraço. Ela tampa a maior panela da casa da vó Cecília, a feijoada fervente emanando um cheiro delicioso pela casa inteira. — Sua vó... — ela diz naquele tom cansado de quem aceitou uma derrota.

Olho ao redor. Tia Maria e sua cabeleira escura, numa bata repleta de girassóis, auxilia minha mãe com a comida do almoço de despedida da vó Cecília; o tio Otávio, espremido à pia entre minha mãe e a tia Maria, cortando limões o bastante para fazer duas jarras de caipirinha. No quintal dos fundos, meu pai acende a churrasqueira.

— Caetano, por favor?! — ela repete, apertando os olhinhos na minha direção.

— Está bem... Mas, se eu encontrar as duas se agarrando de novo, juro por Deus...

O rosto da minha mãe assume uma expressão de horror, ao passo que tio Otávio abre um pequeno corte no dedo e tia Maria tenta segurar o riso.

— Ah, não. É verdade. Vai que... vai que elas... É melhor dar privacidade. Não, não. Elas descem quando tiverem... Hm, quando estiverem prontas — ela gagueja, suas bochechas enrubescendo até atingir um tom de escarlate.

Caio na gargalhada. Júlio, que se sentou na cadeira à frente, só balança a cabeça.

— Relaxa, mãe. Elas são velhinhas — falo, da maneira mais reconfortante que posso. — Elas transam de manhã assistindo a *Mais você*.

— Meu Deus do Céu, Caetano Valentim — ela exclama —, isso lá é jeito de falar da sua avó?

Dou de ombros.

— É o que a vó diz. — Encaro Júlio, que sorri abertamente, os olhos verdes brilhando. Minhas mãos ganham vida própria e eu enrolo os dedos em sua barba, aninhando seu rosto nas minhas mãos e puxando-o para um beijo rápido. — Vou lá chamar ela.

Quando me levanto, noto que a mãe quer falar alguma coisa — talvez algo do tipo "Se sua vó estiver num momento íntimo com a namorada, você não..." —, mas desiste no meio do caminho, virando-se para o panelaço de comida no fogão.

Subo as escadas até o quarto da vó, onde o barulho do conservatório fica abafado, e bato três vezes em sua porta.

— Pode entrar — ela responde. O quarto cheira ao perfume floral favorito da vó; o som de água corrente, vindo do banheiro, preenche o ambiente. Assim que me vê, dona Cecília abre um sorriso. — Leãozinho! O que está fazendo aqui, meu amor?

— Minha mãe mandou te chamar. Acho que o almoço está pronto.

A vó Cecília bate as palmas e solta uma risada alta.

— Então quer dizer que ela desistiu de vir me procurar? — ela quer saber, divertida. — Confesso que vou sentir falta da nossa brincadeira.

— Não acho que ela pensava que era uma brincadeira — falo.

— Sua mãe não tem muito senso de humor mesmo — a vó pontua. Eu rio. — Bom, estou terminando de arrumar a mala. Quer me ajudar?

— Tá. Hã... Vó?

— Fala.

— Cadê a mala?

— No armário, ué. Aliás, você, que é alto, pode me fazer o favor?

Depois de eu me esticar na ponta dos pés e levar uma malada na cabeça, dona Cecília e eu arrumamos sua única mala de viagem com todos os seus vestidinhos leves de praia, biquíni, chapéu de palha, pijamas e camisetas de banda de rock. Ela faz uma viagem rápida ao antigo quarto da tia Maria para pegar alguns romances de mistério de seu esconderijo preferido. Ao correr o zíper da mala, de cócoras, ergo o rosto para minha vó. Ela admira o mapa-múndi do vô Berto, ainda preso à parede.

— Tantos lugares que não fomos, seu vô e eu — diz, de repente muito séria. Ela corre os dedos pelas áreas não rabiscadas do mapa, suspirando ao pegar uma foto emoldurada dos dois da cômoda. — Prometemos viajar o mundo. Estava nos nossos votos de casamento, sabia? Uma vez, nos perguntamos o que faríamos se não conseguíssemos e ele emendou dizendo que a vida levava a gente pros lugares por um motivo. E foi isso.

— Por que você tá me dizendo isso, vó?

— Sabedoria de velho. — Ela põe a foto delicadamente dentro da sua bolsa de mão, o esboço de um sorriso nos lábios finos. — Quem diria que a vida ia me levar de volta pra Ubatuba, com a minha namorada, mais de cinquenta anos depois?

O quarto fica subitamente quieto, o som do chuveiro, cortado. Minha vó e eu nos viramos no mesmo instante em que as dobradiças rangem, e fitamos Didi. Ela está com uma toalha enrolada na cabeça e veste o roupão de banho da vó, que ela aperta um pouquinho mais ao redor do corpo ao notar minha presença.

— Oi, Caetano. — Seus olhos baixam para a mala da vó Cecília, no chão. — Você fez a mala da sua avó?

— Basicamente — respondo.

— Era de se esperar que uma mulher tão aventureira quanto a Ciça arrumasse a própria mala com um pouco mais de antecedência — Didi fala, uma mão gentilmente pousada sobre o ombro da namorada.

Um brilho travesso reluz no olhar da dona Cecília quando encara Didi.

— Parte da aventura é nunca saber se você está totalmente pronta — ela diz.

Didi aquiesce, os lábios numa linha fina, como se quisesse conter um sorriso.

— Sei.

— Leãozinho veio chamar a gente pro almoço — a vó diz.

— Já vamos descer — completa Didi.

Faço que sim com a cabeça e deixo as duas, lançando um olhar curioso para elas. Talvez eu não devesse... mas é mais forte do que eu e, quando dou por mim, estou com a orelha encostada na fresta propositalmente esquecida do quarto. Elas conversam aos sussurros, minha vó e Didi, mas consigo entender parte do diálogo.

— Você tem certeza? — Didi pergunta, cheia de cuidado.

— Total.

— Ciça, está tudo bem se você...

— Eu quero — dona Cecília a corta delicadamente. — Está tudo bem. Quero ir com você.

— Sua casa... sua família...

— Eles vão ficar bem.

— Ciça...

— Meus filhos já estão muito bem encaminhados, e meus netos estão seguindo os caminhos deles. É óbvio que eu gostaria de acompanhar cada pedacinho da vida deles, e vou, de longe. Vó não é pra sempre. Em parte, porque a gente é velho e sabe que nossa hora está chegando, mas também porque a vida é feita pra viver, e a gente merece uma que dê gosto de ter vivido. Essa sou eu fazendo uma escolha que me dá gosto de estar viva.

Sinto um gosto amargo na base da garganta quando me afasto. Pisco as lágrimas dos olhos. Ela está bem. Minha vó está bem e feliz; ela vai se sentir amada todos os dias, não estará sozinha e continuará sendo a vó Cecília de sempre.

Isso era tudo o que eu poderia querer.

A rodoviária está, compreensivelmente, um caos. Pessoas, bolsas, malas, passagens, telões anunciando a partida dos ônibus. O cheiro inconfundível de pão de queijo e café, que chega a dar água na boca. O choro compartilhado de quem está se despedindo ou recebendo alguém para o ano-novo, algo real demais para quem sobreviveu a uma despedida em casa e embarcou para o segundo round na rodoviária de Santo André.

Júlio e eu viemos no carro com Anastácia e a tia Rita, ao passo que Didi e a vó Cecília vieram de carona com minha mãe e pai. Todos nós nos oferecemos para ajudar com a única mala da vó, e ela aceitou que minha mãe carregasse a bolsa.

Embora tivéssemos encontrado o portão relativamente rápido, o embarque já havia começado. Tão logo dona Cecília e Didi entraram na fila, Anastácia já estava com as passagens prontas no celular para exibir ao cobrador, parecendo ansiosa, os olhos ainda um pouco inchados pelo choro.

A despedida da vó Cecília foi uma feijoada-barra--churrasco regada a muita caipirinha para os maiores de idade e refrigerante para as crianças, com direito ao maior pudim de leite condensado que eu já vi e a uma choradeira sem tamanho. Não vou negar, também chorei um bocado, e Júlio me confortou em seu abraço. No fim, acabamos atrasando nossa saída em quase uma hora – e ainda pegamos trânsito.

Antes de comprarmos as passagens, meu pai havia se oferecido para levar a vó e Didi para Ubatuba alegando que uma viagem de ônibus em plena véspera de ano-novo seria bastante desconfortável. A vó Cecília, no entanto, recusou dizendo-lhe que aquela era uma aventura que queria compartilhar apenas com Didi, mas que aceitaria uma carona até a rodoviária.

A vó Cecília chama minha mãe com um assobio.

— Adriana, a mala — diz. Ela tateia o peito em busca dos óculos antes de se lembrar que estão presos no topo da cabeça. Ignora as alças da mala quando minha mãe a entrega e abre o zíper. — Você é muito séria, Adriana. Até hoje fico me perguntando por que meu filho precisava de alguém tão sério na vida dele, mas fico feliz que ele escolheu você — ela diz, remexendo dentro da mala, a cabeça abaixada.

As bochechas da minha mãe, boquiaberta, ficam rosadas.

— Obrigada, Cecília — a mãe agradece, soando mais como uma pergunta do que um agradecimento.

— Vó — Anastácia chama, e todos nós olhamos para ela.

Há uma lacuna na fila. Didi puxa a vó pelo pulso com delicadeza. Ela se posiciona atrás de um desconhecido com uma mochila gigantesca nas costas. De sua mala, dona Cecília tira uma blusa de seda verde-esmeralda de botões. Pela minha visão periférica, noto os olhos da minha mãe arregalados.

— Estou te emprestando essa blusa até eu voltar. — A vó estica a blusa com as duas mãos, e minha mãe, que ainda segura as alças da mala da dona Cecília, precisa se contorcer para pegá-la. Ela acolhe com carinho a blusa junto ao peito. — Por todo seu esforço nas nossas brincadeiras de esconde-esconde — completa, com uma piscadinha.

A mãe sorri.

— Próximo! — grita o motorista, fazendo a fila andar.

Didi ajuda a vó Cecília a pegar sua mala, e Anastácia, posicionada ao lado delas, estica o celular para o motorista verificar as passagens. Um ajudante pergunta a Didi se ela quer guardar a mala no porta-malas do ônibus, mas ela recusa com um aceno de cabeça.

Quando Didi se volta, ansiosa, para minha vó, é como se tivéssemos sido engolidos por uma névoa invisível de nervosismo. Ninguém fala, embora a impressão seja a de que todo mundo tem algo a dizer. Meu pai coça a palma da mão com as pontas dos dedos; minha mãe pressiona os lábios em linha; tia Rita respira trêmula, a boca em um O perfeito; Anastácia, ainda segurando o celular em mãos, olha da vó para o resto de nós, inquieta. Ao meu lado, Júlio troca o peso do corpo de um pé para o outro, claramente desconfortável; seu braço envolve meus ombros, o polegar traçando círculos suaves na pele abaixo da manga da camiseta.

Dona Cecília parece estranhamente diminuta ali, de um jeito que nunca a percebi. Apesar da baixa estatura, minha vó sempre me pareceu tão grande – braços longos, cabelo de algodão-doce cor-de-rosa, sorriso acolhedor e uma atitude que a fazia ganhar mais dois metros de altura –, como se eu sempre a estivesse olhando de baixo, a admirando. No auge dos seus setenta anos, ela é tudo o que eu quero ser: forte, determinada, amorosa, feliz e livre.

Um arrepio percorre todo meu corpo e lágrimas se acumulam nos meus olhos. Dou um passo à frente e a abraço; seus braços finos de pele flácida me apertam de volta. Ela cheira a terra de jardim e perfume floral. Cada segundo em seu abraço é um segundinho a mais dentro da minha casa, do ambiente que conheço e amo desde sempre; me descolar dele traz uma dor ao peito. Ela limpa as bochechas molhadas de choro e me fita com os olhinhos brincalhões.

— Gosto muito de você, Leãozinho — ela cantarola, tocando meu rosto com os dedos.

Sorrio e fungo ao mesmo tempo.

— Vem visitar a vó logo ou vou morrer de saudade.

— Vaso ruim não quebra — digo.

Ela solta uma gargalhada.

— Te amo — diz ela.

— Também te amo, vó — respondo.

Finalmente, o transe melancólico no qual minha família estava presa chega ao fim. Abraços acontecem por toda parte. Ao meu lado, Tássia começa a cantar a música de abertura de *Senhora do destino* numa tentativa de aliviar a tensão - e dá certo. Quando a vó percebe, ela se rende aos "laralauê" da música enquanto a puxa para um último abraço.

Sinto um toque suave nos meus ombros e me viro. Didi guarda um sorrisinho nos lábios, os olhos pretos brilhando. Antes que eu possa falar qualquer coisa, ela me abraça.

— Obrigada por trazer a Ciça de volta à minha vida — sussurra baixinho ao meu ouvido.

— Sejam felizes — sussurro de volta.

— Você também, garoto — ela responde, disparando um olhar para onde minha vó puxa Júlio para um abraço, fazendo com que ele envergue as costas até ficar do seu tamanho.

O motorista passa por nós em direção ao ônibus, sinalizando que está na hora de partir. A vó Cecília e Didi sobem os degraus para o corredorzinho. No último instante, a vó se volta para nós.

— Cuidem bem do meu jardim! — ela grita para meus pais e tia Rita. — E mantenham a casa limpa!

Eles gritam em resposta, mas ela já havia sumido. Pelas janelas do ônibus, dá para vê-la ocupar seu lugar ao lado de Didi. Gentilmente, Didi cede a ela o assento da janela. Minha vó se senta ali, a testa e os cachos cor-de-rosa prensados contra o vidro, e manda beijos para todos nós. Acenamos de volta até o motor do ônibus começar a rugir e precisarmos voltar para a plataforma.

Enquanto o ônibus se afasta, consigo pescar um vislumbre da vó com a cabeça inclinada no ombro de Didi, que lhe dá um beijo nos cabelos.

Alguém do grupo solta o ar com força. O ato funciona como um calmante, e sinto o corpo todo relaxar, me escorando contra o tronco de Júlio. Ele passa os braços pelo meu corpo protetoramente, formando um V, e apoia o queixo no topo da minha cabeça.

— Vamos — diz tia Rita, fungando. — Duvido que a Kátia ou o Marcos vão ajudar na limpeza.

O pai suspira, cansado.

— Ainda preciso limpar a churrasqueira...

Minha mãe lhe dá dois tapinhas gentis no ombro. Ela entrelaça seus braços nos dele, e os dois abrem caminho pela rodoviária de volta para o carro. Anastácia oferece a mão para sua mãe, ambas caminhando de mãos dadas. Júlio e eu ficamos para trás, por pouco. Tássia nos lança um olhar compreensivo antes de desaparecer atrás de outros viajantes.

Júlio beija a lateral do meu pescoço, eriçando os pelinhos atrás da minha nuca.

— Você está bem? — pergunta baixinho.

Faço que sim, o olhar ainda fixo no portão de onde o ônibus da vó Cecília saiu.

Respiro fundo. Enlaço nossas mãos, erguendo-as até a boca, e beijo os nós dos nossos dedos. Júlio roça a barba delicadamente na minha pele e deposita um beijo na minha bochecha.

— Vamos pra casa — digo.

Agradecimentos

Tantas pessoas tocaram esse livro, direta ou indiretamente, e tornaram essa jornada especial de alguma forma; espero não me esquecer de cada um de vocês.

Em primeiro lugar, agradeço à minha família. À minha mãe, por todo seu amor e cuidado – e por hoje inflar o peito, erguer o queixo e sorrir ao dizer "meu filho é escritor". À minha irmã, que sempre acreditou em mim e vibrou cada pequena conquista comigo, além de embarcar em (algumas das) minhas ideias malucas. A cada dia que passa, percebo o quanto sou privilegiado por viver em um lugar onde jamais faltou ou faltará amor. À minha vó, pelo seu carinho e entusiasmo. E, obviamente, aos meus tios e tias, por todo apoio.

A todos os meus amigos. Desde a Marmita (Andressa, Carol, Nathália, Yasmin), que foram as primeiras a me apoiar e cujo amor jamais senti diminuir ao longo dos anos; os carinhosamente batizados de (por falta de nome melhor) Village People – obrigado por estarem ao meu lado e me ajudarem sempre que necessário. À Cinthia Guedes, por seu amor, suporte, empolgação e meu horóscopo semanal. Àqueles que leram essa história antes de qualquer um: Fernanda Iana, Rafael Pereira, Alfredo Neto – vocês são incríveis! Obrigado por ajudarem a transformar essa história no que ela é hoje (incluindo o título). Àqueles que vibraram nas redes sociais com o lançamento desse livro. Aos escritores/leitores do Nyah! Fanfiction que se mostraram verdadeiros amigos, meu muito obrigado não apenas por seu carinho, mas por me ajudarem a crescer enquanto escritor.

    Tenho dificuldades em imaginar como teria chegado até esse momento sem o apoio de todo o pessoal da Increasy e da minha agente. Mariana Dal Chico, obrigado por acreditar tanto em mim e nas minhas histórias. Sempre foi possível. Muito obrigado à Editora Nacional por me acolherem tão bem. A Luiza, Vitor, Júlia, Ricardo, e todos que tornaram esse livro uma realidade. *A gente dá certo* está em casa. Obrigado por cuidarem tão bem dessa história.

    Leo Oliveira, obrigado por me mostrar as estrelas do céu e que além delas existe uma galáxia inteira. Esse livro não existiria sem você. Obrigado por compartilhar tanto comigo. Que você seja feliz em cada realidade do multiverso. Você estará para sempre no meu coração.

    Ao Vô Dito, de quem herdei o nome e o amor às letras – obrigado por encher nossa família com sua alegria, carinho e generosidade. Ao Antônio, meu "pai dois", que me acolheu como filho quando comecei a chamá-lo de pai (e sempre me dava balas e comprava refrigerante no saquinho). À Tamiris, mentora, colega de trabalho, rainha, e uma das minhas melhores amigas – obrigado por compartilhar tantas das suas histórias comigo. Foi uma honra compartilhar a vida com vocês. Obrigado por tudo.

    Aos pesquisadores, profissionais da saúde e profissionais essenciais que, a risco da própria saúde e a daqueles que amam, vêm trabalhando incansavelmente para salvar vidas ao redor do mundo – obrigado.

Por fim, meu muito obrigado a você, leitor. Obrigado, obrigado e obrigado. Por ter me dado uma chance, me permitir te fazer companhia ao longo dessa história e ter chegado até aqui (nos agradecimentos!). Escrever e publicar essa história foi uma jornada incrível, e estou feliz em compartilhá-la com você. Espero que tenha tido uma boa experiência e que possa tornar essa vivência de leitura em algo somente seu.

Até a próxima!

Este livro foi publicado em outubro de 2021.
Impressão e acabamento pela Gráfica Exklusiva.